Spezialeinheit am Feind

Wolfgang Wallenda

Spezialeinheit am Feind

Kriegsjahr 1942 – ein Kommandounternehmen der „Brandenburger" soll in Lappland hinter den feindlichen Linien Störaktionen durchführen

Impressum:

©2014 Wolfgang Wallenda

Umschlaggestaltung, Herstellung und Verlag:
BoD - Books on Demand, Norderstedt

Titelbild:
Privatarchiv des Autor, PA-0044 – Soldaten im Wald

ISBN: 978-3-7357-7745-4

„Nur die Toten haben das Ende des Krieges gesehen."

Plato

„Ich bin nicht sicher mit welchen Waffen der dritte Weltkrieg geführt wird, aber im vierten Weltkrieg werden sie mit Stöcken und Steinen kämpfen."

Albert Einstein

Vorwort

Das am Arktischen Ozean (Nordpolarmeer) liegende Murmansk entwickelte sich aufgrund seines ganzjährig eisfreien Hafens im Verlauf des Zweiten Weltkriegs zu einer der bedeutungsvollsten Nachschubbastionen Russlands.

Mit Zugang sowohl zur Barentssee, als auch zum Nordatlantik, konnten auf dem Seeweg alliierte Hilfslieferungen mit kriegswichtigem Material anlaufen. Über die nördlichste Eisenbahnstrecke Europas, die Murmanbahn, wurden diese Güter weitertransportiert und stärkten die Rote Armee im Kampf gegen die Achsenmächte.

Die Murmanbahn avancierte zur wichtigsten militärstrategischen Nachschubroute in Lappland.

Aufgrund des erheblich unzugänglichen Geländes beorderte man eine leichte Kompanie der „Brandenburger", wie das eigens für Spezialaufträge gebildete *Lehrregiment Brandenburg z.b.V. 800* umgangssprachlich genannt wurde, nach Finnland.
90 handverlesene Elitesoldaten sollten hinter die feindlichen Linien gelangen und gezielte Störaktionen durchführen. Ihr Auftrag war es die Murmanbahn auszuschalten.

Als die Sowjetunion im April/Mai 1942 in Skandinavien eine Offensive durchführte, erhielt die in Finnland stationierte Kompanie der „Brandenburger" auch in Karelien, wo der Feind durchzubrechen drohte, weitere gefährliche Spezialaufträge.

Daten

Lehr-Regiment Brandenburg z.b.V 800
(Bezeichnung des Verbandes im Zeitraum vom 01.06.1940 bis 20.11.1942)

Aufstellung der Einheit:

Der militärische Verband wurde anfangs in Kompaniestärke aufgestellt und war eine Sonderformation der Wehrmacht, die unter der direkten Führung des Amtes Ausland/Abwehr im Oberkommando der Wehrmacht stand und sowohl Kommandounternehmen ausführte, als auch eine organisationstechnische Basis deutscher Agenten und V-Leute der Abwehr war.

Zusammengesetzt aus Spezialisten verschiedener Arten, wurde die Einheit unter dem Namen: „Brandenburger" bekannt.

Anfangs noch unter Tarnbezeichnungen geführt, wuchs der Verband schnell auf Regimentsstärke, später zu einer Division an.

Immer wieder wurden die „Brandenburger" für spezielle Unternehmen eingesetzt, entwickelten sich aber bis zum Ende des Kriegs hin zu einem Frontverband. Umgewandelt in eine Panzer-Grenadier-Division wechselte die Befehlsgewalt in den Bereich des Heeres.

Die Ursprünge des Verbandes gehen in die Zeit um 1920 zurück. Der damals aufgestellte bewaffnete „Industrieschutz Oberschlesien" bestand aus polnisch sprechenden Deutschen.

1935 wurde die Wehrverfassung neu strukturiert und der „Industrieschutz Oberschlesien" eingegliedert. 1939 unterstellte man die Einheit als „Deutsche Kompanie" der Abwehrstelle des Wehrkreiskommandos VIII in Breslau. Angehörige der Einheit wurden im Vorfeld des Polenfeldzuges (zum Teil in polnischen Uniformen) im deutsch-polnischen Grenzraum eingesetzt.

Verstärkt mit dem 1938 entstandenen „Sudetendeutschen Freikorps", war der Basis für die spätere Spezialeinheit geschaffen.

Aufgrund des Erfolges im Polenfeldzug, wurde unter der Tarnbezeichnung *Bau-Lehr-Kompanie z.b.V. 800* (teils auch als *Bau-Lehr-Bataillon z.b.V. 800* zu finden), die Aufstellung des Verbandes forciert indem man weitere freiwillige Spezialisten hinzuzog. Standort wurde Brandenburg an der Havel. Der Kommandoeinsatz beim „Unternehmen Weserübung" folgte.

Vom 01.06.1940 bis 20.11.1942 hieß der Verband: *Lehr-Regiment Brandenburg z.b.V. 800*, und wuchs aufgrund der Anwerbung weiterer freiwilliger Spezialisten (vorwiegend Volksdeutsche) mit besonderen Fähigkeiten auf Regimentsstärke an. In Berlin bildete man den Führungsstab.

Gliederung:

I. Bau-Lehr-Bataillon z.b.V. 800 mit 1. – 4. Kompanie (Einsatzgebiete West und Ost)
II. Bau-Lehr-Bataillon z.b.V. 800 mit 5. – 8. Kompanie (Einsatzgebiet Südost)
III. Bau-Lehr-Bataillon z.b.V. 800 mit 9. – 12. Kompanie (Einsatzgebiet West)
IV. Bau-Lehr-Bataillon z.b.V. 800 mit 13. – 17. Kompanie

Zudem entstanden noch sog. „Legionärsabteilungen", wie z.B.

- Deutsch-Arabische Legion
- Montenegrinische Legion
- Indische Legion
- Persische Kompanie
- Muselmanische Legion

Abschließend stellte man verschiedene Spezialeinheiten auf:

- Fallschirm-Jäger-Abteilung
- Küsten-Jäger-Abteilung
- Gebirgs-Jäger-Abteilung
- Tropen-Kompanie

Die „Brandenburger" verfügten über eigene Schulen an verschiedenen Orten, wie z.B. die Kampfschule Quenzsee (Quenzgut), bei Brandenburg/Havel.

weiterer Verlauf:

- 20.11.1942 – 01.04.1943 neue Bezeichnung: *Sonderverband Brandenburg*

    Gliederung:

    - I. Bataillon (Verband 801)
    - II. Bataillon (Verband 802)
    - III. Bataillon (Verband 803)
    - die Verbände 804 und 805 wurden neu formiert
    - Küsten-Jäger-Abteilung 800
    - Nachrichten-Abteilung 800

- Im Zeitraum vom 01.04.1943 – 13.09.1943 wurde der Sonderverband in *Division Brandenburg z.b.V. 800* umbenannt und dem Wehrmachtsführungsstab unterstellt.

    Gliederung:

    - Regiment 1 Brandenburg (801)
    - Regiment 2 Brandenburg (802)
    - Regiment 3 Brandenburg (803)
    - Regiment 4 Brandenburg (804)
    - Lehr-Regiment 5 Brandenburg (805)
        - In diesem Regiment befanden sich die V-Leute und Agenten – es unterstand direkt der Abteilung II – Abwehr
    - Küsten-Jäger-Abteilung Brandenburg
    - Nachrichten-Abteilung Brandenburg

Der Verband wurde immer noch in unterschiedlichen Stärken (gruppenweise/kompanieweise/bataillonsweise) für verschiedene Kommandounternehmen eingesetzt; zusätzlich jedoch regimentsweise an Brennpunkten der Front, sowie zur Bekämpfung von Partisanen verwendet.

- Ab 15.09.1944 wurde der Verband schließlich zur *Panzer-Grenadier-Division "Brandenburg"* umbenannt und aus den Kommandoeinsätzen herausgenommen.

  Die Aufstellung beanspruchte aufgrund der vorangegangenen hohen Verluste viel Zeit.

  Von Dezember 1944 bis 10.05.1945 vereinigte man die Reste der *Division "Brandenburg"* (analog *Panzer-Grenadier-Division "Brandenburg"*) mit der *Panzer-Grenadier-Division "Großdeutschland"* zum *Panzerkorps "Großdeutschland"*

Der größte Teil dieses Verbandes geriet nach der Kapitulation Deutschlands im Raum Böhmen in sowjetische Gefangenschaft.

Von der Abwehr II festgelegte/erwünschte Voraussetzungen für die Rekrutierung:

- Freiwilligkeit
- schnelle Reaktionsfähigkeit (psychisch und physisch)
- Improvisationsvermögen
- hohe Eigeninitiative
- Teamgeist
- kontrollierte Abenteuerlust
- Sprachfertigkeiten (die im Idealfall so weit gehen sollten, dass ein *"Brandenburger"* problemlos einen Offizier seines Herkunftslandes mimen konnte)

- Auslandskenntnisse (je nach eigener Herkunft)
- körperliche Leistungsfähigkeit

Spezialkenntnisse, z.B. im Umgang mit Sprengstoffen, Waffentechnik usw., wurden während der Ausbildung gefestigt oder geschult.

Kommandeure der „Brandenburger":

Okt. 1939 – Anfang Okt. 1940	Hauptmann Dr. Theodor von Hippel
Oktober 1940	Major Andreas von Aulock
Nov. 1949 – Feb. 1943	Oberstleutnant Paul Haehling von Lanzenauer
Feb. 1943 – Apr. 1944	Generalmajor Alexander von Pfuhlstein
Apr. 1944 – Okt. 1944	Generalleutnant Friedrich Kühlwein
Okt. 1944 – Mai 1945	Generalmajor Hermann Schulte-Heuthaus

Einsätze der „Brandenburger":

Einsatzgebiet:

Weltweite Kommandounternehmen - über die allerdings kaum Unterlagen vorhanden sind. Eine detaillierte Auflistung ist daher nicht möglich.

Beispielhaft sind jedoch ein paar der bekanntesten Einsätze aufgeführt:

1940

Beim Unternehmen „Weserübung" (Angriff auf Dänemark und Norwegen) – wurden kleinere Kommandotrupps zur Sicherung von strategisch wichtigen Objekten, wie z.b. Brücken, eingesetzt

Im Rahmen des Westfeldzuges eroberten „Brandenburger" im Tarneinsatz wichtige Brücken in Belgien (Maaseik) und den Niederlanden (Gennep, Uromon).

1941

Während des Unternehmens „Marita" (Angriff auf Jugoslawien und Griechenland) wurde eine strategisch wichtige Brücke eingenommen, sowie die Insel Euböa erobert.

In der Anfangsphase den Unternehmen „Barbarossa" (Angriff auf die Sowjetunion) gelangten „Brandenburger", getarnt mit russischen Uniformen und Beute-Lastwagen, zur Düna-Brücke (Dünaburg), besetzten und verteidigten sie bis zum Eintreffen regulärer deutscher Truppen.

1942

Auf dem afrikanischen Kriegsschauplatz wurden permanent Störaktionen auf britische Nachschublinien in Ägypten, Tunesien und Libyen durchgeführt.

Ebenfalls 1942 erhielt eine Kompanie der *„Brandenburger"* den Auftrag in Lappland u.a. gegen die Murmanbahn vorzugehen und die sowjetische Nachschublinie empfindlich zu stören.

1943

Die *„Brandenburger"* wurden für erste Großeinsätze als „Feuerwehr" an den bröckelnden Fronten verwendet, und wurden gegen Partisanen (auch als Banden bezeichnet) auf dem Balkan eingesetzt.

1944 (als Panzer-Grenadier-Division)

November: Einsatzgebiet: Kroatien / Belgrad

1945

Januar: Ostpreußen

Februar: Lausitz

Mai: Olmütz

Kommandoeinsätze vs. Völkerrecht:

Da die Einsätze der „*Brandenburger*" oft in Halb-, Voll- oder Mischtarnung *(Annäherung und Kampf in gegnerischer Uniform)* erfolgten, verzichteten sie – ebenso wie die Kommandotrupps anderer Nationen – auf den Schutz der Haager Landkriegsordnung *(HLKO)*.

Diese gewährt nur Kombattantenstatus *(das sind aus humanitär völkerrechtlicher Sicht Personen, die – ungeachtet der Rechtmäßigkeit eines Konflikts – zu Kriegshandlungen berechtigt sind)* für Personen, die

- einer zentralen Befehlsgewalt unterstehen
- anhand einer Uniform oder eines Abzeichens erkennbar sind
- ihre Waffen offen tragen
- gem. Art. 1 der HLKO die Gesetze und Gebräuche des Krieges beachten

Wurden Kommandosoldaten während eines Tarneinsatzes gefangen genommen, wurde ihnen als sog. Nicht-Kombattant der Schutzstatus nach der HLKO verwehrt und er i.d.R. als Spion hingerichtet *(Kriegsvölkergewohnheitsrecht)*.

Ausnahme: Kehrte ein Kommandosoldat zu den eigenen Frontlinien zurück und geriet zu einem späteren Zeitpunkt in Kriegsgefangenschaft, konnte er wegen früherer Spionageaktionen nicht mehr belangt werden und musste gem. Art. 31 der HLKO als Kriegsgefangener behandelt werden.

Kriegsverbrechen:

Massaker von Lemberg

Nachdem am 30. Juni 1941 die polnische Stadt von deutschen Truppen besetzt wurde (u.a. von Angehörigen der „*Brandenburger*"), fand man in den Gefängnissen die Leichen tausender politischer Häftlinge. Nach einer Inszenierung, in der die Morde den *jüdischen Bolschewiken* zugeschoben wurden, kam es zu Ausschreitungen gegen die jüdische Bevölkerung, wobei sich die örtliche ukrainische Miliz hervortat. Hunderte Juden wurden ermordet. Eine Beteiligung von deutschen Soldaten, auch von „*Brandenburgern*", konnte nicht ausgeschlossen werden.

Nach einer eingehenden Untersuchung in den Jahren 1961 und 1962 fand man zwar Indizien, die für eine Beteiligung von Soldaten des *Lehr-Regiments z.b.V. 800* sprach, jedoch gab es keine stichhaltigen Beweise.

Massenmord im serbischen Dorf Grgurevci

Am 06. Juni 1942 erschossen Angehörige des *Lehr-Regiments z.b.V. 800* – im Rahmen des Partisanenkrieges – mindestens 257 serbische Männer. Die Tat wurde als Vergeltung für erlittene Verluste vom Vortag ausgeführt.

Erschießung von Kriegsgefangenen

Einige Quellen berichten über Erschießungen von Kriegsgefangenen, begangen von Angehörigen der *Division Brandenburg z.b.V. 800*. Insbesondere sollen im November 1943 vier italienische Soldaten grundlos hingerichtet worden sein.

(Anm. des Autors: Hierüber konnte ich keine detaillierten Berichte finden, wollte den in den Quellen genannten Tatvorwurf aber auch nicht verschweigen.)

Im Zusammenhang mit der Partisanenbekämpfung kam es beiderseits zu völkerrechtswidrigen Taten. Dies entsprach dem damaligen Charakter dieser Kriegsführung.

Viele Taten sind bis heute nicht abschließend aufgeklärt.

Eckdaten zum Sondereinsatz in Lappland:

- Verantwortlich: Abteilung Abwehr / Ausland II
- Kommando: Leutnant Trommsdorf
- erste Ausbildungsstätte: Truppenübungsplatz Zossen
- Personal: 90 ausgesuchte Soldaten der *„Brandenburger"*
  - ausnahmslos erfahrene, gute Skifahrer
  - darunter, ausgebildete Pioniere
  - ausgebildete Hundeschlittenführer
  - Funktrupps
  - Sanitätspersonal
  - ein Arzt
- jeder dieser Männer wurde geschult an
  - Pistole
  - Karabiner
  - unterschiedlichen Schnellfeuerwaffen
  - Leichtgeschütz
- zweite Ausbildungsstätte: Finnland
- Unterstellung: Armeeoberkommando Lappland – später umbenannt in 20. Gebirgs-Armee, Generaloberst Eduard Dietl (seit Januar 1942 mit dem Oberbefehl beauftragt)
- Ergebnis:
  - mehrere Kommandounternehmen im Rücken der sowjetischen Front (Lappland)
  - während der sowjetischen Offensive an der Nordfront folgten weitere Einsätze (Karelien) gegen spezielle Ziele, bzw. wurde durch Störaktionen (z.B. legen von Minengürteln) der Vormarsch des Feindes erschwert

Roman

Dieser Roman spiegelt die Ereignisse wider, die Angehörige des *Lehr-Regiments Brandenburg z.b.V 800*, während ihres Einsatzes in Lappland und Karelien erlebten.

Bis auf historische Persönlichkeiten, sind alle Personen/Namen frei erfunden. Jegliche Ähnlichkeiten mit realen Personen wären rein zufällig.

Spezialeinheit am Feind

Berlin

Das mächtige Bauwerk mit der Hausnummer 74 wirkte an diesem regnerischen Tag grau und abweisend. Der Verkehr am Ufer der Tirpitz zog sich nur schleppend am Dienstgebäude der militärischen Abwehr vorbei. Die zur Arbeit eilenden Menschen hatten Schirme aufgespannt. Hüte waren tief ins Gesicht gezogen, Mantelkrägen hoch geschlagen.

Admiral Canaris lehnte sich zurück. Er schloss die Augen und massierte einen Moment lang mit Daumen, Mittel- und Zeigefinger die Nasenwurzel. Gedanken rasten durch sein Gehirn, manifestierten sich, um im nächsten Moment wieder zu verschwinden. Wie konnte er dem Problem begegnen? Er schlug die Augenlider auf. Sein Blick schweifte durch das Büro und blieb an einer großen Landkarte hängen, an der täglich der aktuelle Frontverlauf mit verschiedenfarbigen Stecknadeln und Bindfäden korrigiert wurde. Das einzig wahrnehmbare Geräusch im Büro war der Regen, der prasselnd gegen die großen Fensterscheiben hämmerte. Das Gewusel aus dem Treppenhaus drang nicht bis in die Amtsräume des Chefs der deutschen Abwehr vor. Ein Luxus, den Canaris sehr schätzte.

Von Nordafrika kommend, überflogen die Augen des Offiziers förmlich den Balkan, wanderten durch die Ukraine und gelangten in sekundenschnelle nach Skandinavien. Dort verengten sie sich etwas. Canaris suchte eine bestimmte Stadt am Arktischen Ozean. Murmansk. Der ganzjährig eisfreie Hafen war ihm seit langem ein Dorn im Auge. Das gesamte OKW zermarterte sich den Kopf, wie die russische Stadt am besten einzunehmen war. Zu viele Schiffe der Alliierten kamen dort an und brachten kriegswichtige Güter in die Sowjetunion. Freie Fahrt in den Nordatlantik und die Barentssee gewährten dem Feind viel Raum für kriegswichtige Konvois. Der militärische Nachschub wurde anschließend über die Murmanbahn, eine der nördlichsten Eisenbahnlinien Europas, bis nach Zentralrußland transportiert und von dort aus an die diversen Frontabschnitte verteilt. Admiral Canaris wusste, dass jeder einzelne Versorgungstransport den Krieg verlängerte. Die Murmanbahn entwickelte sich immer mehr zu Stalins Lebensader. Sie musste zerstört werden! Doch wie?

Neben starken russischen Kräften schützten zusätzlich ein unzugängliches Gelände und das dort herrschende menschenfeindliche Klima gegen militärische Widersacher. Eiskalte lange Winter und kurze, schwül heiße Sommer, begleitet von Myriaden von Mücken, zermürbten jeden dort eingesetzten Soldaten innerhalb weniger Wochen. Angriffe der deutschen Luftwaffe waren zwar die Regel, doch die schier übermächtige russische Flak war nur schwer zu überwinden.

„Murmanbahn", murmelte Canaris kaum verständlich und stand auf. Mit der linken Hand schnappte er sich einen Bleistift. Der Admiral ging zur Landkarte, setzte die Spitze des Bleistifts auf Murmansk und fuhr dann langsam die Strecke der Eisenbahnlinie entlang. Als ob jemand eine Frage gestellt hätte, nickte der ranghohe Offizier ganz kurz. Mit entschlossenem Gesichtsausdruck ging er zurück zu seinem Schreibtisch. Der Admiral nahm die Akte mit der Aufschrift „*geheime*

Kommandosache" in die Hand. Absender war die Abteilung Abwehr/Ausland II. Bereits zum dritten Mal an diesem Vormittag schlug der Chef der Abwehr die Akte auf. Ihm gefiel der Vorschlag des jungen Leutnants des *Regiments 800 z.b.V. Brandenburg* immer besser. Die eigens für Spezialeinsätze aufgestellte Sondereinheit hatte schon viele Himmelfahrtkommandos zufriedenstellend erledigt. Ein Lächeln huschte über das Gesicht des Offiziers.

Sie sind schon Himmelhunde, diese Brandenburger, schoss es durch seinen Kopf, dann las er den Vorschlag ein letztes Mal durch, obwohl er den Inhalt schon fast auswendig kannte. Leutnant Trommsdorf schlug vor, eine Sonderkompanie aus ausgesuchten *Brandenburgern* zu bilden. Alle sollten zu ihren ohnehin schon vorhandenen überdurchschnittlichen Fähigkeiten zusätzliche Spezialausbildungen erhalten, um schließlich hinter der Frontlinie in speziellen Kommandounternehmen gegen die Murmanbahn eingesetzt zu werden. Wie immer setzte man auf die Freiwilligkeit der Männer.

Dieser Trommsdorf dachte an alles.

Das Gros der Truppe sollte aus den Alpenländern stammen. Bayern, Österreicher und Südtiroler. Sie mussten Bergerfahrung haben, gute Skifahrer sein und sich in winterlicher Landschaft wohlfühlen. Ihre Lebenserfahrung war nach Meinung Trommsdorfs für einen Einsatz in Lappland unverzichtbar. Ferner machte der Leutnant den Vorschlag zusätzlich Hundeschlittenführer einzusetzen. Ebenso wollte er eigenhändig ausgebildete Funktrupps und eine eigene Sanitätsstaffel inklusive Arzt in die Sonderkompanie integrieren. Insgesamt sollte die Stärke der leichten Kompanie 90 Mann betragen. Drei Züge, die unabhängig voneinander arbeiten konnten. Insbesondere natürlich um Kommandounternehmen hinter den feindlichen Linien durchzuführen. Es war gefährlich, aber möglicherweise ein wirksames Mittel um gegen die verhasste Nachschubroute vorgehen zu können. Wenn es jemand schaffen würde, dann die Brandenburger. Davon war der Abwehrchef überzeugt. *Verwegene Soldaten! Himmelhunde!*

Der Admiral griff zum Telefonhörer. Noch bevor die Stimme am anderen Ende der Leitung den Begrüßungssatz zu Ende führen konnte, unterbrach Canaris mit befehlsgewohntem Ton. „Schicken Sie unverzüglich Major von Schellingen zu mir!"

„Zu Befehl!"

Nur wenige Minuten später klopfte es an der Tür.

„Herein!"

Ein Major, dessen linker Arm steif nach unten hing, betrat das Büro.

„Sie kennen den Inhalt?", fragte Admiral Canaris und hob die bewusste Akte nach oben, noch ehe Major von Schellingen grüßen konnte.

„Jawohl. Ich habe sie selbst studiert und Ihnen die Papiere nach reiflicher Überlegung zum Entscheid vorgelegt", antwortete der Abwehroffizier und näherte sich seinem Vorgesetzten.

„Wie stellt sich Leutnant Trommsdorf die Ausbildung der Männer vor?", fragte Canaris und bot dem Offizier durch Handzeichen einen Stuhl an.

Von Schellingen setzte sich. „Er möchte die ausgesuchten Soldaten zuerst auf einem Truppenübungsplatz begutachten und ihnen Sonderausbildungen zukommen lassen. Dann würde er mit den Männern gern in den Einsatzraum verlegen und unter Realbedingungen die Kompanie endgültig für ihre Spezialeinsätze vorbereiten."

„Nun, Major von Schellingen, Sie sind ein erfahrener Mann und kennen die nordische Tundra gut. Wie schätzen Sie die Sache ein?"

„Wenn wir absolut nur ausgesuchte Männer in die leichte Kompanie von Leutnant Trommsdorf versetzen, seine Vorschläge umsetzen und die Truppe noch zusätzlich vor Ort mit ausgesuchten Leuten unserer finnischen Verbündeten verstärken, dann gehe ich davon aus, dass dies ein überaus probates Mittel gegen den Feind sein wird."

„Das *Lehrregiment Brandenburg z.b.V. 800* wird in diesen Tagen ohnehin umgestellt. Haben Sie zufällig schon mit dem Kommandeur, Oberst Haehling, gesprochen?"

Canaris grinste bei dieser Frage. Er kannte Major von Schellingen gut genug, um zu wissen, dass dies schon längst erfolgt war.

„Das habe ich, Herr Admiral", erwiderte der kriegsversehrte Offizier. „Leutnant Trommsdorf würde im III. Bataillon die 15. Kompanie führen. Diese leichte Kompanie könnte nach Vorstellung des Leutnants aufgestellt werden."

„Ich gebe grünes Licht für das Vorhaben. Teilen Sie das Oberst Haehling und Leutnant Trommsdorf mit. Was Ausrüstung, Waffen und dergleichen angeht, so gewähren Sie alles was angefordert wird. Wo genau soll die erste Sonderausbildung stattfinden?"

„Hier in Berlin, Herr Admiral. Zumindest in der Nähe. Genauer gesagt, auf dem Truppenübungsplatz Zossen."

„Danke."

Der Major stand auf und verließ zufrieden das Büro. Sein Weg führte ihn direkt in seine eigenen Amtsräume. „Verbinden Sie mich mit Oberst Haehling vom Regiment Brandenburg", sagte er zu seiner Sekretärin. „Und brühen Sie uns eine Kanne Kaffee auf. Ich rechne mit einem langen Arbeitstag."

irgendwo an der russischen Front

Der Gefreite Ulrich Czegenyi spürte einen leichten Druck in der Magengegend als sich die Flughöhe der Ju 52 verringerte. Im Frachtraum der alten Tante Ju, wie das Transportflugzeug liebevoll genannt wurde, herrschte nicht nur Ruhe, sondern eisige Stille.

Foto: Privatarchiv des Autors, PA-0043-Ju 52 im Flug

Sie hatten ihr Einsatzgebiet erreicht. In wenigen Minuten war es soweit. Der Niederbayer ungarischer Herkunft hatte seinen ersten Sprungeinsatz. Die drei BMW-Motoren wurden gedrosselt. Schweißperlen bildeten sich auf Czegenyis Stirn. Die Maschine war bis zum letzten Platz gefüllt. 17 Brandenburger warteten auf den Absprung. Metallenes Klicken und Klappern. Letzte prüfende Griffe. Leutnant Sperber leuchtete mit seiner Taschenlampe auf die Armbanduhr. „Es ist gleich soweit!", sagte er und stand auf. Auch die anderen Elitesoldaten erhoben sich von ihren Sitzplätzen und gingen in Position. Sie waren unbehelligt bis hierher gekommen. Keine feindlichen Jagdflugzeuge waren aufgetaucht, keine Flak hatte sie unter

Beschuss genommen. Jetzt galt es die Brücke einzunehmen und bis zum Eintreffen der motorisierten Vorauseinheiten zu halten. Erst würden fünf Mann springen, dann wurden die Ausrüstungsbehälter abgeworfen, danach sprang der restliche Halbzug. Alles hatte man tausendfach geübt. Trotzdem war kein Vergleich möglich. Das innere Gefühl war anders als bei den Probesprüngen. Der Brandenburger war ruhelos und angespannt. Es war die gleiche Anspannung, die sämtliche Sinnesorgane auf die höchste Wahrnehmungsstufe stellte. Czegenyi verglich es gern mit einem körpereigenen Radar, der ihn vor Gefahren warnte und letztendlich bislang überleben ließ. Die Geschwindigkeit der Transportmaschine wurde erneut gedrosselt. Das sonore Brummen der Motoren hörte sich anders an. Es war soweit. Herz- und Pulsschlag trommelten wild. Jemand hatte den Ausstieg geöffnet. Durch die aufgerissene Tür drückte starker Windsog ins Maschineninnere. Mit dem ersten Tuten des Boschhorns sprang ein Feldwebel aus der Maschine. Ohne zu zögern folgten seine Kameraden. Mann für Mann hechtete sich in die dunkle Nacht hinaus. Die Waffenbehälter wurden ausgelöst. Leutnant Sperber klopfte Czegenyi auf die Schulter. Ohne weiter nachzudenken warf sich der Brandenburger aus der Ju 52. Dicht hinter ihm sprang Sperber als letzter Mann. Der freie Fall dauerte keine drei Sekunden. Czegenyi öffnete seinen Schirm. Der Entfaltungsstoß war hart zu spüren. Die Augen hatten sich an das Dunkel gewohnt. Der Schwebeflug war nur von kurzer Dauer, denn die Absprunghöhe lag unter 100 Metern. Schemenhaft war der Boden erkennbar. Czegenyi zog die Beine an und rollte über die rechte Schulter ab.

Glück gehabt, atmete er auf. Die Landung war weich. Grasbedeckter Boden. Der Landser erhob sich wieselflink. Instinktiv öffnete seine linke Hand das Kappentrennschloss. Er schlüpfte aus den Gurten. Blitzschnell raffte der Gefreite den Fallschirm zusammen, dann sah er sich um und ging zu einer Gruppe von fünf seiner Kameraden. Mit ihm stieß Leutnant Sperber zu den Männern. Diese hatten bereits einen der Waffenbehälter geöffnet und verteilten den Inhalt. Weit über ihnen hörten sie die immer leiser werdende Ju 52, deren Pilot nach einer Schleife wieder den Rückflug antrat. Auch jetzt blieb der befürchtete Flak-Beschuss aus. Der Zugführer blickte wiederholt auf seine Armbanduhr. „In vierzig Minuten beginnt der Angriff. Bis dahin müssen wir an der Brücke sein und sie gesichert haben!"

Sie sammelten sich. Aufgrund der guten Bodenverhältnisse waren keine Sprungverletzungen zu beklagen.

„Wie geplant! Wir befinden uns im Rücken des Feindes. Die Brücke liegt ungefähr einen Kilometer vor uns. Und wenn wir auf den Feind treffen, dann denkt daran, dass wir diesmal nicht in Tarnung arbeiten, wir tragen unsere eigene Uniform", wies der Offizier die Männer sicherheitshalber auf den besagten Umstand hin.

In Windeseile war auch der zweite Waffenbehälter geöffnet und dessen Inhalt verteilt. Die Schirme lagen zusammengerafft auf einem Haufen. Es ging los. In Reihe, einen Meter Abstand zum Vordermann, gingen sie zielstrebig und schweigend ihrem Angriffsziel entgegen. Das Überraschungsmoment lag auf ihrer Seite. Nur knapp fünfzehn Minuten später waren sie am Ziel. Sie lagen im Gras und beobachteten im beginnenden Morgengrauen die Brücke. Das Fernglas in Sperbers Händen wanderte von Punkt zu Punkt. „Ein MG-Nest befindet sich auf der anderen Uferseite. Auf unserer Seite steht ein Geschütz. Es ist gut getarnt. Tarnnetz, Äste und so weiter. Es könnte eine mittlere Feldhaubitze oder eine Flak sein. Von hier aus ist es nur schwer zu erkennen."

Sperber übergab das Fernglas an Czegenyi, der neben ihm im Gras lag. Der Gefreite war ausgebildeter Pionier und kannte sich bestens mit Sprengstoffen aus. Sein Blick galt der Brücke.

„Das ist ja eine Stahlkonstruktion, Herr Leutnant!", flüsterte Czegenyi. Der Gefreite nahm den Feldstecher herunter und gab ihn seinem Zugführer zurück.

„Ich wusste auch nicht, dass es sich um eine Eisenbahnbrücke handelt. Ändert das etwas?"

„Wenn sie vermint ist, dann anständig! Für diese Brücke benötigt man eine große Menge Sprengstoff. Müsste ich so eine Brücke zur Sprengung vorbereiten, würde ich mich auf jeden Fall für eine elektrische Zündung entscheiden. Man kann entweder Glühzünder oder Zündgeräte, wie den Glühzündapparat einsetzen. Damit kann man wiederum verschiedene Geräte untereinander verbinden, was alles zusammen für eine gigantische Explosion sorgt."

„Was heißt das für uns?"

„Die Zündung wird mit hoher Wahrscheinlichkeit von dieser Brückenseite aus erfolgen. Drüben wäre es taktisch unsinnig. Entweder befindet sich der Zündapparat gleich in dem Bahnwärterhäuschen neben der Brücke, oder aber irgendwo abseits in einer getarnten Stellung."

Wieder sah Leutnant Sperber auf die Armbanduhr. „In achtzehn Minuten kracht es an der Front. Denken Sie schneller nach! Wie verhindern wir die Zündung?"

Czegenyis Gedanken rasten durch sein Gehirn, dann wurde die Tür des Bahnwärterhäuschens aufgestoßen. Wortfetzen drangen zu ihnen herüber. Jemand fluchte lautstark. „Er geht in Richtung des Birkenhains. Entweder steht dort der Donnerbalken ..."

„... oder er löst jemanden ab, der dort in Stellung liegt", beendete Leutnant Sperber den Satz. Sie rutschten etwas zurück. Auf Handzeichen rückten die Brandenburger zusammen.

„Czegenyi, Sie und drei Mann werden sich um den Birkenhain kümmern. Feldwebel Thomcyck, Sie werden mit vier Mann das Geschütz ausschalten, aber womöglich so, dass wir es anschließend für uns nutzen können."

„Kein Problem, Herr Leutnant! Wir werden es leise erledigen!"

Der Offizier nickte und sprach weiter. „Ich stürme mit dem Rest des Zuges das Bahnwärterhaus. Steglitz, Sie übernehmen mit ihrem Scharfschützengewehr das MG-Nest auf der anderen Seite. Sie feuern, sobald der erste Schuss fällt!"

„Wird erledigt, Herr Leutnant!"

„Männer, wir dürfen keine Zeit mehr verlieren. Angriff!"

Schatten huschten durch das Gras. Die drei Angriffsgruppen teilten sich. Feldwebel Thomcyck näherte sich seinem Ziel fast lautlos. Jemand schnarchte. Zwei Männer unterhielten sich leise. Der Rauch einer Zigarette war zu riechen. Der Brandenburger sah seinen Nebenmann an. Zwei ausgestreckte Finger. Ein Nicken als Antwort. Messer wurden gezückt. Bäuchlings näherten sie dem Feind. Das Gespräch wurde immer deutlicher wahrnehmbar. Das Schnarchen verebbte. Ein Grunzlaut war statt dessen zu hören. Die beiden Soldaten, die sich unterhielten, lachten. Für den Feldwebel war das ein gutes Zeichen. Sie waren abgelenkt. Noch zehn Meter trennten den Brandenburger von der Sandsackbarriere. Seine Augen waren stur geradeaus gerichtet. Sein Nebenmann war gleichauf. Die anderen lagen weiter hinten und pressten die Kolben ihrer Karabiner 98 an die Schultern. Sie hatten angelegt um für den Notfall Feuerschutz zu geben. Die rasiermesserscharfen Kampfdolche lagen in den Fäusten. Die Körper der Angreifer waren regelrecht an den Boden gepresst. Jetzt konnten sie unter das Tarnnetz sehen. Es war auf ihrer Seite an zwei natürlich gewachsenen jungen Fichtenstämmen befestigt. Zwei

Stahlhelme bewegten sich. Die Sandsackbarriere war ungefähr einen Meter hoch, der Aushub der Stellung war also nicht allzu tief. Zumindest falls die beiden feindlichen Raucher saßen und sich anlehnten. Sollten sie dagegen stehen, würde der Aushub einen knappen Meter betragen. Feldwebel Thomczyck nahm erneut Blickkontakt zu seinem Nebenmann auf. Noch zwei Meter. Eine Hand ging nach oben. Ausharren. Nervenkrieg. Entwarnung. Es wurde lediglich eine Zigarettenkippe weggeschnippt. Wieder lachten die Russen. Thomcycks linke Hand zeigte drei Finger. Erst klappte er einen um, dann den zweiten. Nachdem der dritte Finger zur Faust eingeklappt wurde, sprangen beide Brandenburger auf und legten die letzten beiden Meter mit einem pantherartigen Sprung zurück. Mit je einem Arm griffen sie nach den Mündern ihrer Opfer, während die andere Hand den Dolch erst quer über den Hals, dann stichartig zum Herzen führte. Ein Sprung über die Barriere folgte. Einer der Gefallenen rutschte zur Seite. Der Stahlhelm schepperte leise. Schnelle Blicke. Zwei schlafende Feinde. Einer rührte sich und hob den Kopf. Das Letzte was er in seinem Leben zu Gesicht bekam, war der Dolch eines Brandenburgers. Der Schlafende Rotarmist wachte nie mehr auf. Die Geschützstellung war lautlos eingenommen worden.

Unterdessen näherten sich der Gefreite Czegenyi und drei seiner Kameraden dem Birkenhain. Auch sie krochen geräuschlos auf der Erde entlang. Meter um Meter robbten sie voran, bis sie nach gefühlt unendlicher Zeit endlich den Rand des kleinen Hains erreicht hatten. Jemand schimpfte laut und fluchte dabei. Zumindest hörte es sich wie ein Fluchen an. Es war der gleiche Soldat, der zuvor aus dem Häuschen gekommen war. Seine schlechte Laune schien anzuhalten.

Die Brandenburger schlüpften in den kleinen Wald und orientierten sich neu. Vogelgezwitscher begrüßte den hereinbrechenden Tag. „Von dort!", flüsterte einer der Männer leise. Köpfe wurden gewendet, die Ohren in die angedeutete Richtung gehalten. Bestätigendes Nicken. Sie spähten durch das Unterholz, konnten aber keine Stellung erkennen. Per Handzeichen verteilten sich die Landser. Mit einem Abstand von fünf bis zehn Metern voneinander, krochen sie weiter.

Lautes Rascheln. Schritte auf verwelktem Laub. Der Fluchende wurde von einem Russen mit tiefer Stimme begrüßt. Deutlich war ein Plätschern zu hören. Einer der Feinde verrichtete seine Notdurft, während der andere immer noch auf ihn einsprach. Czegenyi, der an der rechten Außenflanke positioniert war, fiel auf, dass das Laub vor ihm irgendwie geordnet aussah, statt wild durcheinander zu liegen, wie sonst überall. Vorsichtig fuhren seine Hände unter die bunten Blätter, tasteten sich behutsam Zentimeter um Zentimeter über den bedeckten Boden.

Kabel! Fernzündung per Draht, durchfuhr es ihn schlagartig, als er ein unnatürliches Hindernis spürte. Behände zückte der Pionier seine Zange. Ein Schuss zerriss die morgendliche Stille, gefolgt von einem gellenden Schrei. Weitere Schüsse folgten. Das Bersten einer Handgranate übertönte das aufkeimende Feuergefecht für den Bruchteil einer Sekunde. Schnelle Schritte eilten über den Waldboden. Hektische Rufe! Fieberhaft schob Czegenyi das Laub beiseite. Schnell zwängte der Gefreite das erste Kabel zwischen die Schneideflächen seiner Beißzange. Ein kräftiger Druck und der Draht war durchtrennt. Die Handflächen wurden feucht. Eine Maschinenpistole wurde abgefeuert. Mehrfach hallte das Echo wider. *Klack!* Der nächste Draht war geteilt. Der Gefechtslärm, der vom Bahnhäuschen herüberdrang, verebbte. *Klack!* Das letzte Kabel war durchgezwickt.

Ein Warnruf ließ den Brandenburger Pionier für einen Moment erschauern. „Vorsicht! Er ist am Zündkasten!"

Wieder ratterte eine Maschinenpistole und spukte Salve um Salve aus dem Rohr.

„Ich habe ihn!"

Aufatmen.

Zeitgleich verebbte das Feuergefecht. Stille trat ein. Eine beinah unheimliche Stille. Das Vogelgezwitscher war längst nicht mehr zuhören. Das Grau der Nacht war den ersten Sonnenstrahlen endgültig gewichen. Am Firmament tauchten die geknickten Flügel der Stukas auf. Der heiße Tanz hatte begonnen. Dumpf grollten die Detonationen der Fliegerbomben.

Jetzt müssen wir nur noch ausharren, bis die Kameraden der motorisierten Infanterie zu uns vorstoßen. Ulrich Czegenyi stand auf. Seine Knie waren immer noch weich. Die große Detonation war ausgeblieben. Die Brücke spannte sich immer noch über den Fluss und sie war unbeschädigt. Der Brandenburger näherte sich seinen Kameraden.

„Der Kerl hier liegt über dem Zündkasten, aber die Ladung ist nicht hochgegangen!", stellte einer der Männer verdutzt fest.

Czegenyi konnte sich ein Grinsen nicht verkneifen. „Ich habe die Zündkabel gekappt!", rief er den anderen drei Landsern zu.

„Uli, du bist 'ne Kanone!"

„Menschenskind, du denkst vielleicht mit! Respekt!"

Die Nervosität wich von Czegenyi, rutschte von seinen Schultern, wie frisch gefallener Schnee, den man abklopfte. „Pures Glück, Leute. Ich bin quasi über die Kabel gestolpert."

„Das war knapp", stöhnte der Brandenburger, der mit der Maschinenpistole bewaffnet war.

Czegenyi betrachtete den Zünder. „Keine Gefahr mehr."

Foto: Privatarchiv des Autors, PA-0052-Landser/Pionier nach einem Einsatz

„Dann ab zum Leutnant! Sperber wartet auf uns."

Zurück beim Brückenhäuschen war der Zugführer gerade dabei die Männer zur Brückenverteidigung einzuteilen. Im Gras lag die

Leiche eines ihrer Kameraden. Ein Verwundeter lehnte an der Wand des Brückenhäuschens. Ein weißer Verband mit rotem Fleck zierte seine Schulter. Im Mundwinkel hielt er eine brennende Zigarette, zog jedoch nicht daran. Er ließ sie einfach nur verglühen.

„Gute Arbeit!", lobte Sperber.

„Das haben wir Czegenyi zu verdanken. Er hat die Kabel durchtrennt, bevor der Posten sie zünden konnte. Ich dachte schon, dass es ganz schön rumst, als der Russe über dem Zündkasten zusammenbrach und mit ′ner Ladung Blei im Rücken endgültig drauf zum Liegen kam", sagte der mit der MP ohne eine Miene zu verziehen.

Anerkennend nickte Sperber dem Pionier zu. „Kümmern Sie sich um die Sprengladungen, Czegenyi!"

„Wird sofort erledigt!"

Leutnant Sperber wendete sich den anderen drei Brandenburgern zu. „Ihr meldet euch bei Feldwebel Thomczyck!"

„Jawohl!"

Der Offizier ging zur Geschützstellung. „Der Nachrichter soll sofort zu mir. Wir müssen uns mit der Kompanie in Verbindung setzen!" Pause. „Prima gemacht! Wenn wir jetzt die Brücke noch bis zum Eintreffen unserer Vorhut halten können, haben das Kommandounternehmen heim geschaukelt!", schob er stolz nach.

Sie schafften es. Als der Halbzug am gleichen Abend in der Feldstellung der Kompanie ankam und die Landser am Ende ihrer Kräfte von den Pritschen der Opel Blitz Lastwagen sprangen, wurden sie vom Spieß empfangen.

„Leutnant Sperber. Sie und der Gefreite Czegenyi sollen sofort zu Hauptmann Fellner kommen!"

Erstaunte Gesichter. Sperber blickte seinen Pionier an, dann wieder den Oberfeldwebel mit den Kolbenringen am Ärmel, die die Rangstellung des Kompaniefeldwebels anzeigten. „Um was geht es denn?"

„Kommt von ganz oben, Herr Leutnant. Ist heute morgen per Melder gekommen", war die knappe die Antwort. „Direkt vom Regiment", schob der Spieß nach, um die Wichtigkeit noch einmal hervorzuheben.

„Diesmal habe ich nichts ausgefressen, Herr Leutnant", entschuldigte sich Czegenyi vorsichtshalber mit Achselzucken und Unschuldsblick.

„Sehen Sie mich nicht so dackeläugig an, Czegenyi. Ich habe die unbeabsichtigte Schussabgabe beim Waffenreinigen auf niedrigster Schiene belassen. Und als sie betrunken über Bahngleise stolperten und von der Feldgendarmerie aufgelesen wurden, habe ich auch das niedergebügelt. Aber auch wenn Sie auch ein noch so guter Pionier sind, den man überall einsetzen kann, ich kann Sie nicht immer schützen! Irgendwann reißt auch mein Geduldsfaden."

„Ich habe wirklich nichts ausgefressen, Herr Leutnant!", wiederholte der Gefreite.

Der Offizier sah den Spieß an. Das Grinsen im Gesicht des Oberfeldwebels machte Sperber stutzig. Dem Kompaniefeldwebel gefiel das Spiel mit der Unwissenheit offensichtlich.

Sperber ließ nicht locker. „Um was geht es? Hat er ...", das Kopfschütteln des Oberfeldwebels, in Verbindung mit einem entspannten Lächeln, ließ die Frage unausgesprochen enden.

„Diesmal wird der Gefreite Czegenyi angefordert, aber das möchte Hauptmann Fellner persönlich mit Ihnen besprechen."

„Angefordert? Unser Pionier?", der Zugführer war sichtlich verwirrt. „Feldwebel Thomczyck, übernehmen Sie den Halbzug! Czegenyi, folgen Sie mir. Wir gehen zum Kompanieführer!"

Gerade eben von einem Kommandounternehmen zurückgekehrt, standen die beiden Soldaten des *Lehrregiments 800 z.b.V. Brandenburg* nur fünfzehn Minuten später vor ihrem Vorgesetzten.

„Setzen Sie sich meine Herren. Gratuliere, Leutnant Sperber. Das Unternehmen wurde erfolgreich abgeschlossen", sprach Fellner den heutigen Einsatz an. „Ich bedaure natürlich den Verlust. Obergefreiter Mahlmeister war ein guter Mann. Zu Ihrer Kenntnis. Ich habe vorhin vom Feldlazarett die Nachricht bekommen, dass Huszlasz in wenigen Wochen wieder bei der Truppe sein wird."

„Da bin ich aber erleichtert. Er hatte schon befürchtet als Kriegsversehrter in Ungarn Pferde züchten zu müssen, statt wieder aus einem Flugzeug zu springen."

„Und Sie, Czegenyi? Wie war Ihr erster Sprungeinsatz?"

„Nun ja ..."

„Er hat die Sache gut gemacht und wird in meinem Bericht lobend erwähnt werden. Ihm ist ein Großteil des Erfolgs zu verdanken. Der Gefreite Czegenyi hat verhindert, dass der Russe die Brücke in letzter Minute doch noch sprengen konnte."

„Das höre ich gern. Nun dann, meine Herren. Kommen wir zum eigentlichen Anliegen. Wie Sie wissen, wird unser Regiment derweilen neu geordnet. Im Rahmen dieser Neuordnung wird im III. Bataillon die 15. Kompanie als leichte Kompanie aufgestellt. Leutnant Trommsdorf wird sie befehligen." Fellner machte eine Pause und blickte in zwei fragende Gesichter. „Wir *Brandenburger* sind ohnehin schon ausgesuchte Männer, aber die Soldaten, die künftig ihren Dienst in der 15. Kompanie verrichten werden, brauchen noch einmal zusätzlich Kenntnisse, die man nicht so einfach erwerben kann. Sie müssen einen Großteil davon schon mitbringen."

„Ich verstehe nicht, Herr Hauptmann?"

„Sie werden es gleich verstehen, Leutnant Sperber", erklärte Fellner und sprach weiter. „Der Gefreite Czegenyi ist laut seiner Akte in Niederbayern geboren und aufgewachsen."

„Das stimmt, Herr Hauptmann. Und so oft es ging, waren wir immer in den Bergen unterwegs. Mein Großvater ..."

„Schon gut, Gefreiter. Ich habe mich bereits über Sie erkundigt. Beim letzten Skiwettkampf haben Sie den zweiten Platz erreicht. Im Jahr zuvor sogar Platz 1."

„Ich bin früher immer mit meinem Bruder, dem Peter, um die Wette gefahren. Er ist älter als ich, also musste ich mich immer anstrengen, um an ihm dranzubleiben. Das hat mich wohl geprägt."

„Und Sie fühlen sich auch in der Bergwelt, damit meine ich hauptsächlich Schnee- und Eiswetter, wohl?"

„Wenn ich ehrlich sein darf, dann muss ich sagen, dass ich mich dort wohler fühle, als im Bauch einer Ju 52!"

„Die Männer, die für die 15. leichte Kompanie gesucht werden, sollten ausgezeichnete Skifahrer sein, sich mit harten Winterbedingungen auskennen und sich zudem noch als Spezialisten auf anderen Gebieten bewährt haben. Das trifft aus meiner Kompanie nur auf Sie zu, Czegenyi. Sie sind ein hervorragender Pionier mit besonderen Fähigkeiten im Umgang mit Sprengstoffen und können Ski fahren. Hätten Sie Interesse an einem längerfristigen Einsatz in Lappland teilzunehmen?"

„Lappland?"

„Richtig. Nah am Polarkreis. Eisige und ewig lange Winter. Schwüle und kurze Sommer. Hartes Land, viel Wald."

„Das klingt ja fast so, als wäre ich zu Hause", grinste Czegenyi.

„Sie würden zusätzliche Sonderausbildungen erhalten."

„Darf ich fragen um welche es sich dabei handelt?"

Hauptmann Fellner lächelte. „Ich sehe, Sie haben Blut geleckt. Nun, sie werden mit Leichtgeschützen schießen, das Sprengen vertiefen, sämtliche Infanteriewaffen von Freund und Feind in den Händen halten, mit einem Kajak fahren und lernen wie man in der finnischen Tundra überlebt. Reicht das?"

Feuer und Glanz war in den Augen des Gefreiten zu sehen. Die Müdigkeit des zurückliegenden Einsatzes war längst der Abenteuerlust gewichen.

„Leutnant Sperber, jetzt zu Ihnen."

Der Offizier setzte sich etwas aufrechter hin.

„Wir können ja offen sprechen. Der Gefreite Czegenyi ist nicht gerade ein Mustersoldat. Zumindest sagen das seine Einträge. Glauben Sie, dass er für einen Spezialeinsatz geeignet ist?"

Schweigen. Der direkte Vorgesetzte des Pioniers sah seinen Sprengstoffexperten tief in die Augen, dann nickte er. „Herr Hauptmann, Czegenyi ist in der Tat kein Musterschüler, aber geben Sie ihm einen Auftrag und setzen Sie ihn im feindlichen Hinterland aus, dann werden Sie keinen hartnäckigeren Himmelhund finden, der das Kommando erledigt. Er ist ein Mann der Tat und nicht der großen Worte. Er steht zu seinem Wort und auf ihn ist Verlass!"

„Danke, das genügt. Czegenyi, ruhen Sie sich aus. Sie fahren morgen Vormittag nach Berlin/Zossen. Ihren Marschbefehl erhalten Sie vom Spieß. Wegtreten!"

„Danke, Herr Hauptmann."

„Und Czegenyi?"

Der Niederbayer drehte sich an der Tür noch einmal um. „Bitte?"

„Wenn Sie Mist bauen und wieder hierher zurück kommen, dann binde ich Sie am Bauch einer alten Tante Ju fest!"

Grinsend salutierte der Gefreite. „Keine Sorge, Herr Hauptmann, darauf lege ich keinen besonderen Wert. Ich sehe die Dinger lieber vom Boden aus."

„Dann wünsche ich Ihnen viel Glück! Wegtreten!"

Truppenübungsplatz Zossen bei Berlin

„Achtung!", hallte das Kommando von Feldwebel Müller über den Platz. Alle standen stramm. Sie waren im Karree angetreten und nach Größe ausgerichtet.

Leutnant Trommsdorf, sowie zwei weitere Offiziere traten vor die Mannschaft. „Guten Morgen!"

„Guten Morgen, Herr Leutnant", hallte es wie aus einem Mund zurück.

„Danke, stehen Sie bequem."

Ein kurzes Rucken ging durch die Reihe der Soldaten. Die Blicke waren nach vorn gerichtet.

„Ich bin Leutnant Trommsdorf und werde die Kompanie führen. Feldwebel Müller haben Sie bereits kennengelernt. Neben mir sehen Sie Leutnant Ostenrieder und Leutnant Brenner", beide Offiziere nickten der Mannschaft kurz zu, als ihre Namen genannt wurden. „Sie werden neben mir die Führungskräfte unserer Kompanie sein. Die nächsten Wochen werden kein Spaziergang werden. Ich verlange von jedem Einzelnen vollen Einsatz. Wenn wir hier fertig sind können Sie sämtliche Waffen, die in diesem Krieg im Einsatz sind blind zerlegen, wieder zusammensetzen und abfeuern. Sie werden Leichtkanonen bedienen können, sie auf Ziele richten und diese auch treffen. Sie werden körperlich fit sein. Es wird ihnen nichts ausmachen kilometerweit durch die Wildnis zu wandern und dort tagelang ohne Verpflegung auszukommen. Und das bei zweistelligen Minusgraden! Sie werden sowohl auf Skiern, als auch auf einem Akja schlafen können. Sprengstoff und der Umgang mit diesem, wird für Sie so bekannt sein, wie die Murmeln aus Ihrer Kindheit. Sie alle waren einmal in den Bergen zu Hause und wissen mit extremen Witterungsbedingungen umzugehen. Dort wo wir hingehen, wird dies von großem Nutzen sein und dennoch ist es kein Vergleich zu dem, was uns erwartet. In Lappland am Polarkreis sind die Winter hart, eisig und lang. Die Sommer kurz, schwül heiß und mückenverseucht. Die Tundra ist weit und man kann dort wochenlang umherstreunen und ohne auch nur eine einzige Menschenseele zu treffen. Es gibt große Sumpfgebiete, viel Wasser und noch mehr Wald. Sie werden weder Wege, noch Pfade vorfinden. Im Einsatz müssen Sie sich nach dem Kompass richten und an Sternen orientieren. Finnische Kameraden werden uns im hohen

Norden begleiten und zur Seite stehen, dennoch wird es im nordischen Urwald die Hölle werden."

Schweigen.

Leutnant Trommsdorf ging die Reihen der Soldaten ab. „Der Einsatz ist freiwillig. Wer glaubt nicht hierher zu gehören, oder wer glaubt, die bevorstehende Aufgabe nicht bewältigen zu können, der kann jetzt vortreten und kehrt ohne einen Makel zu seiner ursprünglichen Einheit zurück!"

Vor dem Gefreiten Ulrich Czegenyi, der als kleinster Landser seiner Gruppe im 3. Zug ganz rechts außen stand, blieb der Offizier stehen. „Wie sieht´s bei Ihnen aus? Was sagen Sie zu der Aufgabe?"

Der Pionier nahm Haltung an. „Eine sehr reizvolle Aufgabe, Herr Leutnant. Vielleicht kann ich dem Sprengmeister, der uns ausbildet, noch etwas beibringen, bevor ich in Lappland den Finnen vormache, was es heißt auf Skiern zu leben", kam die freche Antwort. Im Nachhinein bereute Czegenyi das gesprochene Wort noch bevor er den Satz beendet hatte. Er verfluchte sich innerlich *Warum kann ich mein loses Mundwerk halten?* Gedanklich sah er sich schon wieder abreisen.

Trommsdorf musterte den Niederbayern, dessen ungarisches Blut gerade zu brodeln schien. „Wenn alle hier die gleiche Einstellung haben, wie dieser Brandenburger Pionier, dann glaube ich, dass wir den Kampf beginnen können!"

Czegenyi fiel ein Stein vom Herzen. *Noch einmal Glück gehabt, alter Junge,* sagte er im Gedanken zu sich selbst. *Nächstes Mal halte ich einfach meine große Schnauze,* nahm er sich fest vor.

Keiner der Männer meldete sich um abzubrechen. Alle Soldaten nahmen die Herausforderung an.

Die nächsten Wochen waren hart. Blut und Schweiß ließen die Brandenburger zur Genüge auf dem Truppenübungsplatz. Einmal kam Admiral Canaris persönlich vorbei und sah sich die Sonderausbildung an. Er unterhielt sich anschließend eine Stunde lang mit Leutnant Trommsdorf und den beiden anderen Offizieren. Danach wünschte er den Männern viel Glück und fuhr zurück nach Berlin.

Als der lang herbeigesehnte Marschbefehl endlich eintraf, herrschte beste Laune in der *15. (le.) Kompanie des III. Bataillons, Lehrregiment Bandenburg z.b.V. 800.* Die Ausrüstung war gepackt und die Elitesoldaten in Komplettbesetzung angetreten. Zwei voll ausgestattete Funktrupps, eine eigene Sanitätsstaffel mit Arzt und 90 Soldaten, von denen jeder für sich auf seinem Gebiet ein Experte mit Spezialausbildung war, standen bereit. Wieder traten Leutnant Trommsdorf, Leutnant Ostenrieder, Leutnant Brenner und Feldwebel Müller, die allesamt die gleichen Übungseinheiten durchliefen, wie ihre Männer und dadurch von Anfang an respektiert wurden, vor die Mannschaft. „Es ist soweit. Wir verlegen nach Finnland. Dort werden wir dem neu gebildeten AOK Lappland unterstellt und unterliegen somit der Befehlsgewalt von keinem geringerem als Generaloberst Dietl. 30 finnische Jäger warten auf uns. Sie verstärken unsere Kompanie und machen uns somit schlagkräftiger."

Gemurmel ging durch die Reihen.

„Ruhe bitte!"

Nachdem sich die Kompanie beruhigt hatte, sprach Trommsdorf weiter. „Wir werden hauptsächlich hinter den Linien arbeiten. Wie sich bereits herumgesprochen haben dürfte, wird unser primäres Ziel die Murmanbahn sein. Inwieweit wir noch anderweitig eingesetzt werden liegt ganz im Ermessen von Generaloberst Dietl. Fragen?"

„Nur eine, Herr Leutnant", meldete sich ein Tiroler, dessen harter Akzent deutlich herauszuhören war.

„Bitte!"

„Wann geht's denn endlich los?"

Der verwegene Haufen lachte.

„In einer Stunde werden wir abgeholt. Die Lastwagen bringen uns zum Bahnhof. Nach einer langen Zugfahrt steigen wir in ein Schiff. Dann geht's wieder per Lastwagen weiter. Das letzte Stück legen wir auf Schusters Rappen zurück. So bekommt jeder gleich mal einen Vorgeschmack, auf das, was uns erwartet. Ich habe mir vorhin die Wetterdaten übermitteln lassen. In unserem Zielgebiet herrschen momentan rund 30 Grad unter null. Soviel zur Einstimmung."

Diese Mitteilung tat der guten Stimmung keinen Abbruch. Sie waren keine normalen Soldaten. Sie waren *Brandenburger* und fühlten sich elitär. Sie wollten endlich zeigen was sie konnten. Sie suchten das Abenteuer.

Ulrich Czegenyi hatte noch schnell einen Brief an seine Eltern geschrieben. Der Text bestand aus dem Üblichen. Ihm geht es gut und sie sollen sich keine Sorgen machen. Seine Zeit in Berlin ist vorbei und er wird in ein ruhiges Gebiet verlegt. Vor der Abfahrt hatte er den Brief schnell abgegeben. Zusätzlich kaufte er am Bahnhof in Berlin eine

Postkarte, notierte dass es zu Hause in Niederbayern viel schöner sei, als in der Reichshauptstadt, klebte eine Briefmarke drauf und warf die Ansichtskarte in einen Postkasten. An einem Imbissstand gönnte sich der *Brandenburger* noch eine für Berlin typische Bulette. Anschließend folgte er seinen Kameraden, die schon am Gleis standen und die Augen auf den gerade eben einfahrenden Zug richteten. Das pulsierende Leben am Berliner Bahnhof nahm der Pionier nur am Rande wahr. Er freute sich auf seine Aufgabe in Lappland. Er liebte das Abenteuer und er war ehrgeizig. Der Gefreite wollte die kleinen Makel, die sich in seiner Akte befanden, ausradieren. Er wollte, dass seine Eltern stolz auf ihn waren. Und er wusste, dass er alles geben würde.

Die Lokomotive fuhr ein. Dampf quoll nach oben. Stählerne Räder quietschten. Es roch nach geöltem Metall. Die Sanitätsstaffel schritt an Czegenyi vorüber. Die Sanis folgten einem Assistenzarzt im Rang eines Leutnants. Ein junger Mann, von dem man gehört hatte, dass er der Sohn eines preußischen Landarztes war und bereits zwei Jahre Berufserfahrung in einem Krankenhaus gesammelt hatte, bevor er sich freiwillig zum Kriegsdienst meldete. Der junge Chef der Sanitätsstaffel war dem Niederbayern sympathisch. Überhaupt war diesmal keiner in der Kompanie, mit dem Czegenyi nicht zurechtkam. Alles beste Voraussetzungen für einen Einsatz abseits der gewohnten Zivilisation. Der ausgebildete Pionier konnte sich vorstellen mit jedem aus der Mannschaft wochenlang im Biwak zu leben. Ein guter Beginn.

Ruckelnd kamen die Waggons zum stehen.

„Erster Zug nach vorn", plärrte Leutnant Ostenrieder."

„Zweiter Zug hierher", schmetterte Feldwebel Müller.

„Dritter Zug …", der Rest ging im Pfeifen der Lokomotive unter. Die *Brandenburger* stiegen ein und nahmen zeitgleich Abschied von der Reichshauptstadt. In diesem Moment dachte keiner der Soldaten daran, dass etliche von ihnen nie wieder hierher zurückkehren würden. Der Gedanke, dass es an die Front geht und dass dort der Feind auf sie wartet, wurde in solchen Momenten verdrängt. Keiner dachte daran, dass er als Kriegsversehrter zurückkehren könnte oder ihn irgendwo im fremden Land der Heldentod ereilt. Euphorie stand in den Gesichtern. Alle lachten und waren ausgelassen. Es war beinahe so, als ob es auf Klassenfahrt ginge. Ein Ausflug unter Studenten..

Auch Ulrich Czegenyi lachte. „Eine Fahrt ins Grüne", flüsterte er leise vor sich hin und dachte an die Tundra. „Auf Wiedersehen

Deutsches Reich", schob er nach. „Du siehst mich wieder, das verspreche ich dir."

Der Gefreite stieg in den Waggon, schritt durch den engen Gang und setzte sich auf einen freien Platz. Der Tiroler, der neulich alle mit seiner Frage, wann es denn losginge zum Lachen gebracht hatte, setzte sich neben ihn. Ein Obergefreiter vom 1. Zug ging durch die Waggons und zählte die Männer. Später meldete er die Vollzähligkeit der Truppe. Der Pfiff einer Trillerpfeife ertönte. Die Türen wurden geschlossen. Einige *Brandenburger* standen an geöffneten Fenstern. Die Waggons ruckelten erneut, als die Lokomotive schwer schnaufend anzog. Eine Dampfwolke schwebte am Fenster vorbei. Die Stimmung war ausgelassen. Vor ihnen lag eine zu bewältigende Strecke von mehr als 2.300 Kilometern. Czegenyi schob die Beine von sich und lehnte sich zurück. Seine Blicke wanderten entlang der Häuser, die an der Bahnstrecke lagen. Später betrachtete er Wiesen, Wälder und brach liegende Felde. Deutschland zog stumm an ihm vorbei. Das monotone Klacken der Stahlräder beim Überrollen der Schwellen wurde zum ständigen Begleiter der uniformierten Fahrgäste.

Klack, klack

Rovaniemi, Finnland im Januar 1942

Sie hatten ihr Ziel erreicht. Generaloberst Dietl, der hier in einem Hotel der finnischen Stadt sein Hauptquartier bezogen hatte, begrüßte Leutnant Trommsdorf und dessen Männer persönlich. Nach einem längeren Gespräch mit dem Kompanieführer, bezogen die *Brandenburger* Quartier in einem Waldlager, welches einige Kilometer außerhalb der Ortschaft lag. Am nächsten Tag traf die Verstärkung ein. Es handelte sich um 30 finnische Jäger, die allesamt der deutschen Sprache mehr oder weniger mächtig waren. Sie gesellten sich zu den deutschen Elitesoldaten und stellten sich vor. Der zweite Teil der Sonderausbildung stand an.

Die Finnen wurden von einem Oberleutnant befehligt, der fließend deutsch sprach. Dieser gab erste Anweisungen und erzählte von seinem Land, den Gefahren, den Witterungsumschwüngen und davon, wie man in der Tundra überleben konnte. Er berichtete von den verschiedenen Sprachen der finnischen Bevölkerung, erwähnte die Minderheiten, die in Lappland lebten, wie das Volk der Samen und sprach das finnische *Sisu* an, für das es keine Übersetzung ins deutsche gibt.

„*Sisu* ist das, was man bei euch weitläufig Sturheit oder Willenskraft nennt", erklärte er. „Jeder Finne besitzt es und nutzt es, wenn die Lage in der er sich befindet schier ausweglos ist. Ihr werdet es noch oft feststellen und dann fragen, woher der Finne die Kraft nimmt eine Situation zu meistern. Wenn er euch dann sagt, dass es das *Sisu* war, dann fragt nicht weiter nach."

Am nächsten Tag ging es los. Übungen vor Ort waren angesagt. Sie hielten sich den ganzen Tag im freien auf. Lernten wie man geeignete Biwaks baut und sich in der winterlichen Tundra tarnt. Die freiwillig aus der Heereshundeschule in Sperenberg teilnehmenden Polar-Hundeschlittenführer wurden ebenfalls bestens in den Kreis der Brandenburger integriert.

Nach Erwerb der erwähnten Grundkenntnisse für extremen Winterkrieg, folgten Geländemärsche mit und ohne Skier. Der Einsatz der Hundeschlitten machte sich positiv bemerkbar. Es konnte trotz umfangreicher Ausrüstung eine beachtliche Strecke zurückgelegt werden. Ein-Tagesmärschen folgten zwei- und dreitägige Übungsmärsche mit Biwaks im offenen Gelände. Die Temperaturen lagen zeitweise unter minus 40 Grad. Alles war härter, als sich die Brandenburger jemals ausmalten. Erst jetzt bekamen die Männer der neu aufgestellten 15. leichten Kompanie eine Ahnung davon, was ihnen hier in diesem Breitengrad bevorstand. Dennoch blieben alle freiwillig, um an diesem Spezialeinsatz teilzunehmen. Sie stammten allesamt aus dem alpinen Raum und waren hart im nehmen. Ihre Zähigkeit sollte letztendlich auch den Einsatzerfolg gewährleisten.

Foto: Privatarchiv des Autor, PA-0049-Soldaten fahren Ski

Als sich im März 1942 die sowjetischen Späh- und Stoßtruppunternehmen in Karelien und Lappland häuften, musste das AOK Lappland reagieren. Die befürchtete Frühjahrsoffensive der Roten Armee stand bevor. Der Generalsstab der Gebirgsjäger analysierte die Ausgangssituation und kam zu der Auffassung, dass der Gegner sowohl von Süden, als auch aus dem Norden angreifen würde.

„... und das kann nur ein Ziel zur Folge haben. Unsere wichtigste Versorgungsroute, die sog. Russenstraße, soll eingenommen und die gesamte 6. Gebirgs-Division eingekesselt werden. Meine Herren, Lappland wäre für uns verloren, wobei die 6te entweder in Gefangenschaft geraten oder total vernichtet werden würde."

„Stalins Truppen haben mit den gleichen geographischen Problemen zu kämpfen, wie wir auch. Wir werden auf den Angriff vorbereitet sein."

„Wenn der Russe unseren Nachschub kappen möchte, dann sollten wir das auch mit seinem tun!"

„Denken Sie an den Einsatz der Kompanie-Trommsdorf?"

„Sehr wohl, Herr General."

Ein kurzes Grübeln folgte. „Ich glaube die Truppe ist soweit. Die Ausbildung wurde in den letzten drei Wochen erheblich forciert", meinte Dietl schließlich.

Sein Gegenüber war froh. Das war das Einverständnis. Es konnte losgehen. „Die *Brandenburger* könnten in Volltarnung hinter den Linien für ausreichend Schaden sorgen. Eine der wichtigsten Nachschubbastionen der Roten Armee befindet sich in Lutto, südwestlich von Murmansk. Die Versorgung erfolgt über, bzw. durch die Murmanbahn. Die Güter stammen allesamt vom Riesendepot aus Ristikent, nächst Murmansk."

Der Ordonnanzoffizier deutete mit einem dünnen Holzstock auf die ausgebreitete Karte. „Lutto liegt gut 300 km entfernt. Wenn es uns gelingt den Versorgungsweg aus Ristikent zu unterbrechen und Lutto einzunehmen, dann verliert die Rote Armee einen ihrer wichtigsten Versorgungsposten."

„Ohne Nachschub würde eine Offensive schnell zum Erliegen kommen", kommentierte ein anderer Offizier.

Der Generalstab besprach sich anschließend noch eine geraume Zeit, dann fiel die endgültige Entscheidung. Generalleutnant Ferdinand Schörner, der im Januar das XIX. Gebirgs-Armee-Korps übernommen hatte, war beeindruckt. „Bereiten Sie alles für das Unternehmen ,*Lutto*' vor! Wir müssen dem Feind zuvor kommen!"

Ulrich Czegenyi trat aus der traditionellen Schwitzhütte und rieb den scheißnassen Körper mit Schnee ab. Gänsehaut überzog den Körper, der in der klirrenden Kälte regelrecht dampfte. „Das härtet ab! Brr ... ist das schweinekalt!"

Der neben ihm stehende Guiseppe Lombari, der aus Südtirol stammte und sich von allen nur Sepp rufen ließ, schüttelte nur noch mit dem Kopf. „Das so eine Tortur abhärtet hat dir doch unser finnischer Jäger Aimo Halonen weiß gemacht, oder?"

Kaum ausgesprochen, schlupfte auch der Finne aus der Schwitzhütte. Heißer Dampf quoll aus dem schmalen Eingang der zeltähnlichen Hütte. „Das ist das Geheimnis unserer Widerstandskraft", lachte er mit unverkennbar nordischem Akzent aus und warf sich in den nächsten Schneehaufen.

„Ihr seid beide komplett verrückt!"

Als dann noch der Tiroler mit der kehligen Aussprache aus der selbst gebauten Sauna kroch, machte Lombari nur noch eine abwertende Handbewegung. „Drei Narren im Schnee. Nun denn ..., ich soll euch holen. Es liegt was im Busch!"

Halonen und die anderen standen auf und warfen sich Decken um, die neben der Schwitzhütte bereit lagen. Der Tiroler begann hin und her zu hüpfen. „Es ist eisig hier. Hast du noch was zu sagen, oder können wir uns anziehen gehen?"

„Antreten in 'ner halben Stunde! Ihr braucht euch also nicht abzuhetzen."

Nur zwanzig Minuten später war die Mannschaft vollzählig versammelt. Die Zeit des Wartens war endlich vorbei. Es ging wieder los. Sie konnten zeigen, was sie drauf hatten.

Leutnant Trommsdorf kam pünktlich auf die Minute und stellte sich wie gewohnt vor die Truppe. Diesmal folgte kein „Achtung!" und trotzdem murmelten die *Brandenburger* nicht untereinander. Es war so still, dass man eine Stecknadel hätte fallen hören. Jeder brannte darauf die Neuigkeiten zu erfahren.

„Es geht los! Wir verlegen in unser Einsatzgebiet rund 300 km nordöstlich von hier. Dort werden wir in Voll- oder Halbtarnung ins feindliche Hinterland eindringen, wichtige Nachschubdepots und Nachschubrouten zerstören und durch gezielte Störangriffe den Feind verwirren! Parallel hierzu wird von den Gebirgsjägern ein Angriff auf das Dorf Lutto am gleichnamigen Fluss durchgeführt. Dort werden wir zuvor einsickern und Sprengladungen anbringen. Der Feind soll überrascht und damit der Widerstand bestenfalls im Keim erstickt werden. Danach schließen wir uns mit den Gebirgsjägern zusammen und kehren ins Auffanglager zurück. Das Losungswort für die Zusammenkunft wird vor Einsatzbeginn bekanntgegeben. Ebenso die Kombination der Leuchtkugeln, falls deren Einsatz vonnöten ist. Danke für die Aufmerksamkeit."

Feldwebel Müller übernahm das Wort. „Wir packen alles zusammen, dann gibt es noch ein warmes Mittagessen. Unsere Kameraden der Gebirgsjäger werden uns Transportmittel und Fahrer zur Verfügung stellen. Wegtreten!"

Foto: Privatarchiv des Autors, PA-0012-Winterlager und Lastwagen

Der Transport erfolgte mittels Lastwagen, auf deren Reifen Schneeketten aufgezogen waren. Zusätzlich waren Raupenfahrzeuge im Einsatz. Czegenyi saß auf der Pritsche eines Lastwagens. Zu seiner Gruppe gehörten neben dem Finnen Aimo Halonen auch der Südtiroler Lombari, der Tiroler Max Graupner, zwei Schweizer sowie vier Süddeutsche, die aus verschiedenen Alpenregionen stammten. Allesamt Kameraden, mit denen er sich sehr gut verstand.

„Hat jemand Feuer?", fragte Graupner und kramte eine Packung Zigaretten hervor.

Einer der Schweizer reichte dem Tiroler ein Sturmfeuerzeug. Im Gegenzug bot ihm der Tiroler eine Zigarette an. „Ist ´ne Oberst. Ich habe ein paar Packungen von zu Hause mitgenommen."

„Nur ein paar Packungen?"

„Ich rauche nicht so viel. Ein oder zwei Zigaretten am Tag. Manchmal auch gar keine. So wie ich gerade Lust dazu habe", erklärte Graupner.

„Da probiere ich gern mal eine", griente der Schweizer und zog sich eine Zigarette aus der Schachtel. Die Flamme des Sturmfeuerzeugs flackerte hin und her. Erst zündete der Österreicher seine Zigarette an, danach der Schweizer. Das Feuerzeug wechselte zurück zum Besitzer. Beide Soldaten inhalierten den ersten Zug und stießen ihn genussvoll wieder aus. Eine kleine Rauchwolke schwebte nach oben, kroch an der Plane des Lastwagens entlang und tanzte im leicht herein wehenden Fahrtwind auf und ab.

„Nicht schlecht."

„Sag ich doch!"

„Habt ihr eigentlich Familie?", fragte jetzt der Finne, der in der Mitte der *Brandenburger* saß.

„Wie meinst du das? Jeder hat doch Familie. Vater, Mutter und Geschwister und so", entgegnete einer der Süddeutschen.

„Er meint, ob wir verheiratet sind und Kinder haben", klärte Czegenyi auf.

Die Männer sahen sich gegenseitig an. So eine Frage hatte bislang noch keiner ihrer Kameraden gestellt. Aus irgendeinem Grund, den keiner kannte, sprachen sie nie über private Sachen.

„Also, ich bin verheiratet, aber Kinder habe ich keine", begann schließlich der Schweizer, der nicht rauchte zu erzählen.

„Ich bin ledig und ungebunden", sagte Czegenyi. „Wobei …", er kratzte sich am Hinterkopf. „Ich habe da ein Mädel kennengelernt. Meine ‚Bini' … wenn sie auf mich wartet, dann werde ich Bini nach dem Einsatz hier im Lappland heiraten."

„Ich bin ledig und ungebunden!", kam es vom Nebenmann.

„Und ich habe Frau und vier Kinder zu Hause", presste Rohrmoser, einer der Süddeutschen, heraus. Er war Unteroffizier und führte die Gruppe.

Sofort waren alle Augen auf ihn gerichtet. „Vier Kinder? Und was machst du dann hier?"

„Wie alt bist du eigentlich? Du siehst noch so jung aus?"

„Nicht alle auf einmal. Also ich bin 26 Jahre alt. Das mit den Kindern ist ganz normal. Wir haben mit 21 geheiratet, wie es sich gehört. Meine Anna kenne ich schon seit den Kindertagen. Wir wuchsen auf benachbarten Höfen auf. Wie schon gesagt, haben wir mit 21 geheiratet, dann kam Kind unser Sohn zur Welt. Ein Jahr drauf unsere Tochter und zwei Jahre später Zwillinge. Wieder Mädels. So einfach war das."

„Und warum bist du nicht zu Hause auf dem Hof?"

Schweigen.

„Versteht ihr euch nicht mehr so gut?", fragte der Südtiroler.

„Doch, aber wenn ich ganz ehrlich bin war das so. Als ich den Brief bekam, dass ich zum Barras muss, herrschte zuerst Katerstimmung. Dann packten mich die Abenteuerlust und ein bisschen Nationalstolz. Die *Brandenburger* haben mich gereizt und ich bin stolz einer von ihnen geworden zu sein. Ebenso werden es später meine Kinder sehen. Nach dem Krieg werde ich sowieso nie wieder von unserem Hof wegkommen. Den Hof meiner Eltern bekommt mein Bruder. Er ist älter als ich und der Erstgeborene. Tradition", wies er die Kameraden hin, „Meine Frau und ich werden aber den Hof ihrer Eltern übernehmen. Sie ist das einzige Kind der Familie."

„Da hast du richtig gut ausgesorgt!"

„Bin schon sehr zufrieden."

„Wann hast du sie zum letzten Mal gesehen?", wollte der Tiroler wissen. Er nahm noch einen Zug seiner Zigarette und schnippte die Kippe nach draußen.

„Bevor die Ausbildung auf dem Truppenübungsplatz Zossen losging war ich zwei Wochen zu Hause."

„Wenn ich Urlaub bekomme, dann schenke ich ihn dir", sagte der Südtiroler und blickte nach draußen. „Ich bin hier, weil ich meine Familie verloren habe."

„Schrecklich!"

„Es war ein Unfall. Meine Frau und mein Sohn starben dabei. Ist schon drei Jahre her."

„Tut mir leid", meinte der Unteroffizier.

„Schon gut. Habs langsam verdaut. Nur ab und zu kommt es hoch, dann bin ich froh hier zu sein. Die Kameradschaft unter uns baut mich immer wieder auf."

Nach vier Tagen anstrengender Fahrt, wobei die letzten 20 km zu Fuß zurückgelegt werden mussten, kamen sie im Bereitstellungsraum an. Aimo Halonen meinte nur, dass dies lediglich ein Vorgeschmack auf das sei, was sie in den Wäldern Lapplands erwartet. Der Finne kannte sich finnischen Urwald bestens aus. Hier war der Jäger zu Hause. Das war seine Heimat, die er von den Russen befreien wollte.

Bäume, wohin man nur sah. Mal standen sie dichter, mal weiter auseinander. Die gesamte Landschaft und Vegetation war mit einem weißen Schneekleid überzogen. Das Gelände war uneben und mit leichten Höhen und Senken durchzogen. Gefrorene Bäche und vom Wind frei gewehte Eisflächen auf zugefrorenen kleineren und größeren

Seen, boten die einzige Abwechslung zum undurchdringlich wirkenden Wald.

Die Kompanie konnte auf einer frei geschlagenen Schneise marschieren. Die benutzte Versorgungsroute war nach Angaben ihres Führers schon alt und wurde früher von den einheimischen Samen benutzt. Die Gebirgsjäger hatten den ursprünglich schmalen Pfad verbreitert wo es nur ging. Zumeist, bzw. wenn sie wieder einen Höhenrücken überwanden, war die Strecke mehrere Meter breit, durchquerten sie dagegen sumpfige Niederungen, mussten sie auf mühsam errichteten Knüppeldämmen marschieren, die gerade mal so breit waren, das ein Lastwagen darüber rollen konnte.

Dem Pionier Czegenyi fiel auf, dass die quer liegenden Bohlen doppelt verlegt waren. Die absichernden Randhölzer waren gut vertäut. Der Gefreite ahnte, wie viel Mühe die Kameraden der Gebirgsjäger dafür aufgewendet hatten. *Wenigstens mussten sie das Baumaterial nicht weit schleppen*, dachte er sich, als er die Abholzung links und rechts der kleinen Rollbahn betrachtete. Der Kahlschlag sah hässlich aus und passte nicht in die ansonsten dichte und für das Auge undurchdringliche Wald-Zone.

Die Hundeschlitten waren vollgepackt. Ebenso zogen Mulis, die von den Gebirgsjägern zur Verfügung gestellt wurden, neben den üblichen Schlitten auch verschiedene Akjas, sowie praktische, selbst gefertigte Schleppen, deren Verwendung den Elitesoldaten empfohlen wurde.

„Ihr müsst im Wald die kleinen Akjas und die Schleppen benutzen. Mit den anderen Schlitten bleibt ihr überall hängen. Oder sie sind zu schwer, wenn es wieder mal einen Höhenrücken zu erklimmen gilt", hatten die Gebirgsjäger gesagt.

Der Hinweis wurde dankend angenommen, zumal die zugeordneten Finnen das Ganze bestätigten.

Einen Teil der Strecke konnten die Brandenburger auf ihren Skiern zurücklegen, das größte Stück mussten sie jedoch marschieren. Da sie außer ihrem Rucksack lediglich ihre Gewehre und Maschinenpistolen zu tragen hatten, war dies jedoch erträglich.

„Mein Großvater war Same, das bedeutet in unsere Sprache Sumpfleute", erklärte der einheimische Soldat dem neben ihm befindlichen Niederbayern Czegenyi. „Als Kind bin ich mit ihm umhergezogen. Wir wohnten in unserem Káta, so nennen wir unsere Zeltkothen, und lebten von der Jagd und von unserer Rentierzucht."

Dem Pionier und Sprengstoffexperten interessierte das was der Jäger ihm erzählte. Und wenn Halonen ab und zu in seine Muttersprache fiel, so konnte der ungarnstämmige Landser aufgrund der Sprachverwandtschaft des ungarischen mit dem samojedischen dies recht gut ableiten. „Du sagst, dass du mit deinem Großvater herumgezogen bist. Was war denn mit deinen Eltern?"

„Mein Vater war Journalist und kam aus Helsinki hierher, um einen Artikel über die Samen zu schreiben. Er lernte meine Mutter kennen und blieb. Erst als ich zur Schule musste, zogen wir nach Helsinki. Als ich zwölf Jahre alt war, starb mein Vater. Mutter und ich gingen zurück zu Großvater."

„Da haben wir ja riesiges Glück dich als Jäger zugeteilt bekommen zu haben", sage der Gefreite und meinte das ehrlich.

„Danke!"

Mit stolz geschwellter Brust führte Halonen die *Brandenburger* direkt zum Ziel.

„Hier ist es", sagte er zufrieden, als sie die geschützt liegende Lichtung erreichten. Er schnaufte aus und legte seinen Rucksack ab. Der Platz war gut gewählt. „Das hier ist guter Boden. Jetzt liegt Schnee, aber wenn Tauwetter einsetzt, bleiben unsere Füße trocken. Um uns herum hingegen ist sumpfiges Gebiet."

Leutnant Trommsdorf bedankte sich ebenfalls bei den finnischen Führern. Anschließend wendete er sich der Kompanie zu. „Abrüsten und Feldbefestigung aufbauen!"

Jeder der Männer wusste, was zu tun war. Die Hundeschlittenführer kümmerten sich zuerst um ihre Tiere. Nachdem die Hunde versorgt waren, gingen die uniformierten *Musher* zu den Schlitten, lösten die Schnüre und luden die Ladung ab. Die begleitenden Gebirgsjäger, die die Mulis führten, versorgten ebenfalls erst ihre Tragetiere, bevor sie sich am Lageraufbau beteiligten. Beheizbare Finnenzelte wurden aufgestellt. Ein paar Männer wurden zum Fällen von Bäumen abgestellt.

Die Finnen bauten sich zwischenzeitlich typische Kátas, indem sie jeweils ungefähr zwanzig armdicke, über zwei Meter lange Äste von Bäumen abschlugen, oder entsprechende Bäume fällten. Die Äste wurden im Kreis aufgestellt und an der Spitze verflechtet. Um dieses Gestell wickelten sie mitgeführte Rentierfälle. In der Mitte der Nomadenzelte richteten sie Feuerstellen ein.

Die erste Nacht im Feldlager verlief trotz arktischer Bedingungen gut. Keiner der Landser beschwerte sich oder meldete sich krank. Bei leichtem Schneefall verspürten die allesamt aus den Bergen stammenden Soldaten sogar so etwas wie Heimatgefühl.

Als am folgenden Tag gegen Mittag eine kleine Feldküche anrollte, jubelten die *Brandenburger*.

„Wo kommt ihr den her, Kameraden?", fragte einer der Tiroler.

Trommsdorf kam hinzu. „Das würde mich auch interessieren."

„Wir sind vom benachbarten Gebirgsjäger-Bataillon und sollen euch kulinarisch unterstützen. Der Befehl kommt direkt von ganz oben, Herr Leutnant", kommentierte ein Küchenfeldwebel. „General Dietl wollte, dass seine *Buam**, wie er Sie und ihre Männer nannte, etwas Anständiges im Bauch haben, bevor es losgeht!"

„Das nenne ich mal eine großartige Überraschung. Dann legen Sie mal los."

Nach einem deftigen Mittagessen ging Trommsdorf zu den Nachrichten. Ein kleiner Generator tuckerte und lieferte den benötigten Strom für die Geräte.

„Steht die Fernmeldeverbindung?", erkundigte sich der Offizier.

„Sekunde, Herr Leutnant. Wir hatten eben noch Probleme mit der Frequenz, aber wie es aussieht, hat der Unteroffizier alles im Griff."

Es lief nach Plan. Die Verbindung zum Bataillon stand. Am bekannten Zeitplan war nichts geändert worden. *Unternehmen Lutto* sollte am Ostersonntag, 06. April 1942 beginnen.

„Alle mal herkommen", hörte Czegenyi den Unteroffizier mit den vier Kindern rufen. „Ich möchte für später ein Erinnerungsfoto schießen."

*(Anm. des Autors: bayrischer Ausdruck für: Jungs, Buben)

Foto: Privatarchiv des Autors, PA-0022 – Winter - Gruppenfoto

Gut gelaunt stellten sich die Soldaten zusammen.
„Ich möchte auch ein Bild haben."
„Kein Problem, jeder von uns bekommt ein Foto. Aber zahlen müsst ihr es selbst", grinste der mehrfache Familienvater.

Trommsdorf besprach sich mit seinen Offizieren, Feldwebel Müller und dem Vääpeli, einem Feldwebel der finnischen Jäger. Sie saßen vor einer Karte, die mit diversen Handskizzen übersät war. Die Finnen hatten sowohl russische Stellungen, sowie bekannte kleinere und größere Depots entlang der Murmanbahn eingezeichnet. Ebenso waren durch gestrichelte Linien Schleichpfade skizziert, die von den *Brandenburgern* benutzt werden sollten.

„Wenn ich noch einmal rekapitulieren darf", fasste der Kompanieführer am Ende zusammen, „dann können wir an diesen Punkten mit Teilkräften unsere Störaktionen durchführen …", der Offizier deutete hierbei an mehrere Stellen auf der Karte, „… und uns pünktlich bei dem Dorf Lutto mit dem Gebirgsjäger-Bataillon treffen!"

„So ist es, Herr Leutnant", bestätigte der finnische Feldwebel, der diversere Anschlagsziele ausgesucht hatte. Unter anderem sollte eine Eisenbahnbrücke an der sog. Murmanbahnstrecke gesprengt werden, deren Instandsetzung längere Zeit in Anspruch nehmen würde.

Leutnant Brenner meldete sich zu Wort. „Den Angriff auf die Eisenbahnbrücke würde ich gern übernehmen. Mit dem Gefreiten Czegenyi habe ich einen der besten Pioniere in meinem Zug."

„Daran habe ich auch schon gedacht. Bei den Übungen hat er als einziger die Aufgaben punktgenau erfüllt. Sowohl was die Zerstörung, als auch das Zeitmaß anging. Ich war erstaunt."

„Sie meinen, weil es ein …", Brenner grübelte, „… sagen wir mal *Spitzbube* ist?"

„Nun, Leutnant Brenner, Spitzbube würde ich ihn nicht gerade nennen, aber er ist schon negativ aufgefallen. Allerdings sprachen sich seine bisherigen Führungskräfte für ihn aus, sonst wäre er nicht hier."

Brenner nickte zustimmend. „Brandenburger sind nun mal keine Waisenknaben."

Trommsdorf schnaufte laut hörbar aus. „Einverstanden. Sie übernehmen die Eisenbahnbrücke. Jagen Sie das Teil hoch und kommen Sie anschließend zum Treffpunkt nach Lutto! Ihr Ziel ist am weitesten weg. Sie werden als erstes aufbrechen."

„Zu Befehl. Ich werde sofort mit meinen Unterführern eine Besprechung abhalten. Für diesen Auftrag benötige ich lediglich einen Halbzug. Eine Gruppe kann für andere Aufgaben verwendet werden."

Das Gefühl des Gefreiten Ulrich Czegenyis war bei Einsatzbeginn um Längen besser, als vor seinem ersten Sprungeinsatz. Damals, als er in die Ju 52 stieg, war ihm richtig schlecht. Jetzt stand er gut gelaunt und abenteuerlustig auf Skiern und wartete, bis ihr finnischer Jäger sie durch den Urwald an ihr Ziel brachte. Fast in letzter Minute wurde die Volltarnung, also das Tragen einer kompletten sowjetischen Uniform nebst russischen Waffen, abgelehnt. Leutnant Brenner vertraute hierbei auch auf Aimo Halonen, der gewissenhaft versicherte, sie ohne Feindkontakt zum Ziel und anschließend nach Lutto bringen zu können. Der Offizier stellte die Frage der Tarnung anschließend seinen Männern, die einstimmig ablehnten. Also trugen sie ihre eigene Uniform mit übergezogener weißer Tarnkleidung.

Foto: Privatarchiv des Autors, PA-0045 – zwei Ski-Jäger

Als sie sich abmarschfertig machten, waren auch die Stahlhelme waren mit weißem Stoff umspannt. Die einzig dunklen Punkte an ihren Körpern waren die Waffen. Selbst über die am Rücken getragenen Rucksäcke mit ihrer persönlichen Ausrüstung flatterten weiße Stofffetzten. Der Sprengstoff, Munition und zwei Maschinengewehre wurden auf Akjas nachgezogen. Auch die Nachrichter und die beiden Sanitäter, die dem Halbzug zugeordnet werden, zogen Akjas. Nur die Transportschlitten der Sanis war größer als die anderen. „Schleppen können wir immer bauen. Ein Akja reicht aus", sagte der Sanitätsobergefreite, ein bulliger Kerl bei dem man Gefühl hatte, er könne einen Verwundeten problemlos kilometerweit allein tragen.

Foto: Privatarchiv des Autors, PA-0055 – zwei Ski-Jäger machen sich bereit

Es ging los. In Reihe folgten sie ihrem Führer, der geschickt jedem Hindernis auswich. Ohne auf den nachfolgenden Zug zu achten, bahnte sich Halonen den Weg durch den Wald. Er fühlte sich wohl. Hier war er frei. Im Gedanken war er wieder auf der Jagd. Doch diesmal stand nicht sein Großvater neben ihm auf den Skiern, diesmal waren es deutsche Elitesoldaten, die er gegen den verhassten Feind führte.

Zwei Jahre war es her, dass sein Großvater auf eine russische Mine fuhr und seine Beine zerfetzt wurden. Aimo Halonen hielt den sterbenden Samen in seinen Armen und schwor Rache. Jetzt endlich war der Moment gekommen. Er würde alles geben. Er würde die *Brandenburger* direkt bis Murmansk führen, wenn es sein müsste. Als die schrecklichen Bilder wieder vor seinen Augen auftauchten, schüttelte Halonen den Kopf. Es hatte den Anschein, als wolle er die Gedanken hinaus werfen. Der Finne konzentrierte sich auf den Weg. Die Wettervorhersage kündigte ein Tiefdruckgebiet an. Alle hofften, dass es erst nach den Angriffen ankam, oder sie nur Ausläufer zu spüren bekommen würden.

Die Kufen der Skier glitten über den unberührten Schnee. Noch standen die Bäume weit auseinander. Man kam auf Skiern zügig voran. Doch bereits nach einer guten Stunde, als sie von einer Talsenke kommend einen Höhenrücken hinauf stapften, tauschte der Finne seine Skier gegen Schneeschuhe aus. Das Unterholz wurde dichter. Die ersten drei Männer schlugen mit Macheten und einer kleinen Axt den Weg frei. Zweiundzwanzig Männer drangen immer tiefer in das schier endlose Waldgebiet ein. Sie folgten Bachläufen, umgingen kleinere Seen und erklommen Höhen. Nach weiteren fünf Stunden Marsch in zügigem Tempo war auch der härteste Landser des Halbzuges geschafft. Schwer schnaufend ließen sich die Soldaten nieder. Die Stelle lag windgeschützt in einer Senke. Föhren ragten meterhoch in den Himmel. Leichter Wind hielt die Wipfel der Bäume in Bewegung.

„Ich bin … am … Ende", pustete der Tiroler aus und griff nach einer Zigarette.

„Findest du das jetzt klug?", fragte einer der Süddeutschen. Dem Dialekt nach musste er aus dem Allgäu stammen. Er sprach langsam und deutlich, damit man ihn überhaupt verstand.

„Kann doch nicht schaden, oder?"

„Ich rieche russischen Machorka auf drei Kilometer", antwortete Halonen und mischte damit in das Gespräch ein.

„Das … das ist ´ne deutsche Oberst. Ich …", verärgert steckte der Österreicher die Packung wieder zurück. „Ich habe sowieso keine Lust mehr zu rauchen."

„Wissen Sie, wo wir sind?", erkundigte sich Leutnant Brenner und kramte eine Karte hervor. Sie war nicht so detailliert skizziert, wie die Karte von Leutnant Trommsdorf, sah aber in den Grundzügen genauso aus.

„Ich weiß genau wo wir sind", antwortete der Finne. „Etwa sieben Kilometer nordwestlich von hier ist ein russischer Stützpunkt. Ihre Stoßtrupps enden aber zwei Kilometer vor dieser Stelle. Weiter sind sie noch nie gegangen."

„Können Sie mir die Stelle auf der Karte zeigen?"

Der Jäger tippte mit dem Finger auf einen Punkt. „Wir sind in etwa hier, die Russen ungefähr dort."

„Wann kommen wir an unser Ziel?", fragte ein Obergefreiter aus der anderen Gruppe, während Leutnant Brenner die Karte studierte.

„Wenn das Wetter hält und wir so schnell vorwärts kommen, wie jetzt ...", kurzes Nachdenken, „ ...morgen am späten Nachmittag."

„Wo werden wir unser Biwak errichten?"

„Noch drei Stunden. Dort ist eine ähnliche Stelle wie hier. Wir könnten sogar Feuer machen."

Die Soldaten stärkten sich mit Tee. Einige aßen etwas Brot und Wurst, andere begnügten sich ein paar Stücken Scho-ka-Cola. Nach dreißig Minuten Rast ging es weiter.

Völlig erschöpft kamen sie exakt nach der vorgegebenen Zeit an der Stelle an, die Halonen für die Übernachtung ausgesucht hatte. Es lag so viel Schnee, dass die *Brandenburger* problemlos kleine Iglus bauen konnten. Jeweils drei Mann passten in eines der Schneehäuser. Nur nach und nach wurde ihnen bewusst, dass sie sich bereits im Feindesland, weit hinter den eigenen Linien befanden. Wie versprochen hatte der finnische Jäger die Truppe vom Feind unbemerkt in dessen Rücken geführt.

Über Nacht war etwas Schnee gefallen.

„Reicht das, um unsere Spuren zu überdecken?", fragte jemand.

„Hast du Angst, dass der Iwan sie findet?"

„Könnte doch sein!"

„Das wäre so, als wenn du eine Nadel rückwärts in einen Heuhaufen wirfst und dich dann eine Stunde später zufällig drauf setzt", beruhigte ein anderer den Zweifler.

„Männer, lasst das Frühstück etwas üppiger ausfallen, wir wissen nicht, ob wir heute noch einmal zum Essen kommen", riet Leutnant Brenner.

Kommissbrote wurden aufgeschnitten, Konservendosen mit Wurst geöffnet. Zum Trinken gab es kalten Tee.

Die Nachrichter versuchten vergebens Kontakt mit dem Kompaniegefechtsstand aufzunehmen. Auch zum Gebirgsjäger-Bataillon konnte keine Verbindung hergestellt werden. Kopfschüttelnd meldeten sie: „Wir sind im Moment abgeschnitten. Kein Kontakt!"

Sie waren auf sich allein gestellt. Trommsdorf gab dennoch das Kommando zum Aufbruch. Das Unternehmen war geplant und sollte auch durchgeführt werden.

Halonen stand abmarschbereit auf Schneeschuhen, warf einen Blick den Kompass und schaute danach hoch zum trüben, wolkenverhangenem Himmel. „Wir müssen los. Es ist nicht mehr so eisigkalt wie die letzten Tage. In Kürze wird es noch mehr Schnee geben."

Leutnant Brenner dachte an die vorhergesagte Unwetterwarnung. Unbehagen überkam ihn. Sie befanden sich nicht nur verhältnismäßig weit im Feindesland, sondern auch in einer unwirtlichen, wilden Gegend. Der Offizier hob den rechten Arm. Ein kurzer Blick über die Schulter folgte. Seine Männer waren bereit. „Vorwärts! Lasst uns das letzte Stück bis zum Angriffsziel schnellstmöglich bewältigen!"

Die *Brandenburger* setzten sich in Bewegung. Im dichten Unterholz kamen sie allerdings langsamer voran als erwartet. Immer wieder mussten kleine Schneisen geschlagen werden, da die Äste der Bäume ineinander übergingen oder schneebeladen sehr tief hingen. Das Mitschleppen der Akjas klappte gut. Selbst der große Pulkschlitten, wie der lange Akja auch genannt wurde, konnte problemlos gezogen werden. Als der Halbzug am späten Nachmittag zum x-ten Mal einem tief ins Gelände geschnittenen Bachlauf folgte, setzte wieder leichter Schneefall ein. Sie näherten sich einer markanten Stelle. Eine alte Kiefer lag über dem Bachgraben. Der Baum hatte dem letzten starken Sturm nicht standgehalten und war umgeknickt. Am Ende des Stammes ragte sogar etwas Wurzelwerk aus der Erde. Der finnische Jäger hielt an. „Wir sind fast da. Ab jetzt müssen wir mit russischen Späh- und Aufklärungstrupps rechnen. Normalerweise kommen sie nicht bis hierher, aber man weiß nie."

Czegenyi und Guiseppe Lombari, der Südtiroler, überwanden das Hindernis als erstes. Max Graupner befand sich gleich hinter ihnen. Der Bachlauf sackte tiefer, die Außenwände der Senke wirkten schroffer und steiler.

„Hier fällt er ab", erklang die kehlig-raue Stimme des Tirolers. „Das sieht fast aus, als ob es zu einer Klamm wird."

Der Pionier machte ein paar weitere Schritte nach vorn. Tatsächlich fiel das Gelände steil ab, die Hänge wurden felsiger. „Das ist 'ne Klamm, Max", bestätigte er die Vermutung des Österreichers.

Halonen kam hinzu. „Der Bach windet sich noch gut zwei Kilometer dort entlang, dann wird die Schlucht mehr als dreißig Meter breit und wir sind am Ziel. Die Murmanbahn führt über die Schlucht. Diese Eisenbahnbrücke müssen wir sprengen!"

„Unteroffizier Rohrmoser, die Männer sollen hier rasten. Lassen Sie Wachen aufstellen. Halonen, Czegyeni und ich tasten uns bis zur Brücke vor und verschaffen uns einen ersten Überblick. Die Nachrichter sollen noch einmal versuchen, ob sie Kontakt zur Kompanie oder den Gebirgsjägern herstellen können", übertönte Leutnant Brenners Stimme den Rest.

Auf Schneeschuhen stapften sie den bewaldeten Höhenrücken entlang, hielten sich nah an der Schlucht, verließen aber nicht die schützende Baumreihe. Durch den anstrengenden Marsch waren die Beine der Elitesoldaten bereits schwer, doch das restliche Tageslicht musste ausgenutzt werden. „Zähne zusammenbeißen. Es kann nicht mehr weit sein", stöhnte der Zugführer mehr als einmal. Dann endlich tauchte die Eisenbahnbrücke auf. Helle Dunstwolken tanzten beim Ausatmen vor den Mündern der *Brandenburger*. Der Offizier zückte ein Fernglas, hob an die Augen und betrachtete ihr Ziel. Insgeheim bewunderte Brenner die architektonische Meisterleistung der Russen. Sie hatten mitten durch diese arktische Wildnis eine Eisenbahnstrecke gezogen. „... und sie funktioniert!"

Er gab den Feldstecher an den Pionier weiter. „Czegenyi, sehen Sie sich die Brücke an!"

Der Gefreite lugte durch das Glas. „Vierzig bis fünfzig Meter lang. Stabile Holzkonstruktion. Ist kein Problem die Brücke wegzuputzen", kommentierte er in gewohnt salopper Art. „Ich würde nur einen einzigen Sprengsatz verwenden. Mittig!"

Brenner übernahm wieder das Fernglas und betrachtete sich die Brücke genauer. „Wieso nicht mehr?"

„Ganz einfach, Herr Leutnant. Die Brücke wird unweigerlich zusammenkrachen und nicht mehr passierbar sein. Möglicherweise bleiben die Anfangsteile stehen, sodass heranfahrende Züge erst spät erkennen, dass sie ins Leere fahren ...", der Gefreite beendete den Satz nicht.

In Brenners Augen war ein Leuchten zu sehen. „Wenn es zur gesprengten Brücke noch zusätzlich ein Zugunglück gibt, wäre die Strecke auf längere Zeit unpassierbar. Bis Arbeitsmannschaften mit dem geeigneten Gerät in diese Wildnis vordringen, vergehen Tage, wenn nicht gar Wochen."

„Wissen Sie wie häufig die Züge rollen?", wurde der Finne gefragt. Kopfschütteln. „Nein, leider nicht."

„Wir haben genug gesehen."

Zurück beim restlichen Halbzug, besprach Brenner die weitere Vorgehensweise mit den beiden Gruppenführern. Der Plan sah vor, dass der Anschlag nach Einbruch der Dunkelheit stattfinden sollte. Die beiden MG-Trupps würden für den Fall eines möglichen Feindkontakts für Rückendeckung sorgen. Der Pionier bekam zwei Kameraden als Gehilfen zur Seite gestellt. Zu dritt sollten sie die Brücke verminen und sprengfertig machen. Die restlichen Landser bekamen den Auftrag rund um die Schienen, hauptsächlich an den Flanken ihres späteren Rückzugsgebiets, Sprengfallen auszulegen und die Minengasse so zu markieren, dass die *Brandenburger* sich auch bei einem Eilrückzug gefahrlos hindurch bewegen konnten.

„Herr Leutnant, wir haben zwar keinen Kontakt zu unseren Einheiten herstellen können, aber dafür haben wir die Feindfrequenz entdeckt. Unser russisch sprechender Freund hier ist der Meinung, dass mehrere Aufklärungstrupps immer wieder Lagemeldungen zu ihrer Basis durchgeben."

„Sehr gut. Ich wusste gar nicht, dass Sie russisch sprechen", bemerkte Brenner, als er den Nachrichtenmann ansah, der den Kopfhörer aufgesetzt hatte und angestrengt dem Funkverkehr mit verfolgte.

„Er hört Sie nicht. Sergej spricht perfekt russisch. Seine Eltern oder Großeltern waren am Hof des Zaren beschäftigt und flüchteten nach der Revolution", klärte der zweite Fernmelder auf.

„Gibt es Hinweise wo sich die Spähtrupps befinden? Genaue Ortsangaben? Wir müssen höllisch aufpassen. Ich möchte nicht, dass das Kommandounternehmen wegen eines dummen, zufälligen Zusammentreffen mit einer russischen Einheit scheitert!"

„Sobald wir etwas erfahren, werden wir Meldung erstatten."

Es wurde dunkel. Die Landser überprüften ihre Waffen. Czegenyi kontrollierte die *Geballten Ladungen*. Er hatte sich dafür entschieden, vier Quader mit jeweils 3 kg Sprengstoff anzubringen und sie alle mittels einer Knallzündschnur gleichzeitig zur Explosion zu bringen.

„Fertig?", fragte Unteroffizier Rohrmoser.

„Ich bin soweit. Es kann losgehen."

Es wurde nur ein Akja mitgenommen. Sie hatten sich für den großen Pulkschlitten der Sanitäter entschieden. So konnte man im Notfall einen Mann zurückziehen.

Die Nachrichtenmänner hörten zwar immer noch Meldungen von sowjetischen Späh- und Aufklärungstrupps, doch mit sämtlichen Ortsangaben konnte Halonen nichts anfangen. „Vermutlich sind sie verschlüsselt", sagte er resigniert.

„Dann muss es eben so gehen! Abmarsch!"

Es wurde kaum gesprochen. Die Anspannung war spürbar. Die Brandenburger befanden sich wieder einmal im Einsatz. Adrenalin raste durch ihre Nervenbahnen.

Sie erreichten das Gleisbett.

„Unteroffizier Rohrmoser, während Czegenyi und seine beiden Helfer die Brücke verminen, verlegen Sie und die Restgruppe auf dieser Seite Sprengfallen. Ich werde mit der zweiten Gruppe über die Brücke gehen und auf die andere Seite das gleiche machen."

„Zu Befehl!"

„Sind die MG-Mannschaften in Position?"

„Alles fertig!", kam die Meldung.

Die Brücke war größer und beeindruckender, als der Gefreite mit ungarischen Wurzeln sie in Erinnerung hatte. „Das ist ein mordsdrum Gerät", sagte er zu seinem Nebenmann, der den Pulkschlitten zog. „Gottseidank habe ich noch einen vierten Quader mitgenommen!"

Die ersten Landser überquerten vorsichtig die Brücke und verteilten sich links und rechts der Schienen.

Auch Czegenyi befand sich nun auf der hölzernen Eisenbahnbrücke. Der Schlitten wurde über die vereisten Schienen gezogen. Es krachte und schepperte leicht, funktionierte aber relativ reibungslos. Als der Pionier ungefähr in der Mitte der starken Holzkonstruktion war, hielt er an. Aus dem Schlitten nahm er ein Seil und band es um seine Hüfte. „Hier", flüsterte er und warf das andere Ende einem seiner Begleiter zu. „Du sicherst mich. Ich muss an beiden Seiten je einen Quader unter die Querstreben setzen, da die beiden Pfeiler unter uns die Hauptlast tragen, von denen bekommt jeder einen eigenen Quader. Die beiden anderen Sprengkörper bringen wir dort vorn und hier hinten an", deutete er mit einem Fingerzeig an. „Sollte die Brücke stabiler sein als ich denke, würden sie ihr zweifelsohne den Rest geben!"

„Es ist glatt ohne Ende. Du wirst abrutschen wenn du über das Geländer steigst", warnte der dritte Mann, der am Schlitten stand.

„Deswegen werdet ihr mich halten. Keine Angst. Ich bin ja nur ein Fliegengewicht."

„Das ist vielleicht 'ne Marke. Scherzt im Einsatz, als ob es eine Übung wäre!"

Czegenyi prüfte den Knoten des Seils und wartete auf ein Zeichen des sichernden Kameraden. „Alles klar!"

Der Gefreite packte mit der rechten Hand den Quader und stieg über die Brüstung. Dort stellte er die Sprengladung ab. „Mehr Seil", stieß er aus und ließ sich hinunter. Als der Kopf des Pioniers auf Höhe der abgestellten Sprengladung war, griff seine Faust nach dem Tragering. Beinah spielend wuchtete er die drei Kilogramm Sprengstoff herum. „Weiter!"

Wieder wurde er ein Stück nach unten gelassen. Auf einem Querbalken postierte er schließlich die geballte Ladung und brachte das Zündmittel an. „Ich hab´s. Ihr könnt mich hoch ziehen!"

Auf der anderen Seite wurde die Prozedur wiederholt. Langsam bildeten sich trotz der winterlichen Kälte Schweißperlen auf der Stirn des Pioniers. Auch der zweite Quader konnte problemlos gesetzt werden. Wieder zurück auf der Brücke, wurden die beiden letzten Sprengladungen positioniert. Anschließend kümmerte sich Czegenyi um die korrekte Verbindung der Knallzündschnur, die im Gegensatz zu anderen Zündmitteln noch über einen Zusatzzündsatz verfügte, der aus brisantem Sprengstoff bestand. Das hatte zwar den Vorteil einer gleichzeitigen Zündung aller gelegten Sprengmittel, jedoch musste mit äußerster Vorsicht gearbeitet werden, da auch die benötigte Zeitzündschnur mit einer Sprengkapsel verbunden war.

Ein Ruf war zu hören. Die Männer erschraken. Köpfe flogen herum. „Das war russisch!", zischte der Mann am Schlitten aus. „Beeil dich!"

„Ich hab´s gleich."

Schüsse krachten. Weiße Gestalten näherten sich der Brücke.

Der Mann am Maschinengewehr kniff die Augen zusammen. Er tat sich schwer zu erkennen ob es seine Kameraden oder der Feind war, der sich näherte. Noch ließ er den Finger am Abzug ruhen. Sein Atem ging ruhig.

Die Gruppe von Unteroffizier Rohrmoser sammelte sich und ging am Brückenende, nächst des Maschinengewehrschützen in Stellung. Ein komplett in weißt gekleideter Soldat rannte auf die Brücke. Andere folgten. Der rechte Zeigefinger des MG-Schützen zuckte leicht, berührte den Druckpunkt, doch er wagte es immer noch nicht zu feuern!

Eine Detonation zerriss die Stille. Schreie. Jetzt liefen noch mehr Männer auf die Eisenbahnbrücke zu.

Czegenyi arbeite fieberhaft. Der Mann am Akja legte an. Auch der zweite Kamerad hatte seine Waffe im Anschlag.

„Nicht … schießen!", rief der vorderste Mann zu und gestikulierte wild mit den Händen.

„Das sind unsere Leute. Ihr könnt schon zurück. Ich muss nur noch das Zündkabel legen. Mit dem Rest bin ich soweit fertig!"

Schnell eilten beide *Brandenburger* zur rettenden Brückenseite hin. Eine Leuchtkugel wurde abgefeuert. Grelles Magnesiumlicht flackerte hell über dem finnischen Urwald. Leutnant Brenner und seine Männer hatten sich sofort auf den Boden geworfen. Mündungsfeuer war zu sehen. Grell blitzte es an mehreren Stellen auf. Zusätzlich verließen ein paar Rotarmisten den Wald und betraten den Gleisbereich.

Wumm

Erneut war eine der Sprengfallen ausgelöst worden.

Der zweite Maschinengewehrschütze wechselte die Position um besseres ein Schussfeld zu erhalten. Geduckt hetzte er durch den Schnee, warf sich an einer geeigneten Stelle zu Boden und presste den Kolben des MG 34 fest an die Schulter. Der Schütze II kam kurz darauf neben ihm zum liegen.

Keine zehn Sekunden später krümmte der Schütze I den Zeigefinger. Lautes Rattern, Feuerblitze zuckten an der Mündung. Das MG spuckte seinen tödlichen Kugelhagel aus.

Das zweite Maschinengewehr gesellte sich dazu. Augenblicklich verebbte das aufkeimende Feuer des russischen Spähtrupps. Im ausflackernden Licht der Leuchtkugel fanden die Projektile der deutschen Schnellfeuerwaffen ihre Ziele. Weiße Tarnjacken färbten sich blutrot. Körper wälzten sich am Boden. Die Schreie der Verwundeten verhallten im Dunkel des Waldes. Die letzten *Brandenburger*, die sich noch auf der gegenüberliegenden Brückenseite befanden, sprangen auf und überquerten im Schutz ihres Maschinengewehrfeuers die Eisenbahnbrücke.

Auch der Gefreite Czegenyi war soweit. Er hielt die Spule mit der Zündschnur in der Hand und rannte geduckt zurück. Am Brückenende angelangt, warfen sich alle zu Boden.

„Feuer einstellen!", befahl Leutnant Brenner völlig außer Atem. Die beiden MGs verstummten. Beim Feind war keine Bewegung wahrzunehmen.

Der Brustkorb des Offiziers hob und senkte sich immer noch sehr schnell. „Ist jemand verwundet?"

Keiner meldete sich. „Was ist mit der Brücke?"

„Wir können zünden, Herr Leutnant!"

„Zeitverzögerung?"

„Kann ich in der Hektik nicht so genau sagen, aber fünf Minuten sind es allemal", erklärte der Pionier.

„Zünden!"

„Fertig!"

„Weg hier!"

Die *Brandenburger* zogen sich in den Wald zurück und folgten ihren eigenen Spuren. Sechs Minuten später war eine gewaltige Explosion zu hören, deren Donnern mehrfach im Wald widerhallte. Instinktiv gingen die Soldaten in die Knie und hoben schützend ihre Arme über die Köpfe. Das Zusammenkrachen der Brücke, das Bersten des Holzes, das Herausschleudern der Schwellen, war regelrecht zu hören. Das Geräusch prägte sich unauslöschlich in den Köpfen der Elitesoldaten ein. Erleichterung machte sich breit. Sie hatten es geschafft.

„Verdammt noch mal", fluchte Brenner. „Hätte dieser Spähtrupp nicht ein paar Stunden früher oder später kommen können?"

„Ist doch alles glatt gelaufen, Herr Leutnant", wollte Unteroffizier Rohrmoser beruhigen, der neben seinem Zugführer durch den Schnee stapfte.

„Wenn Sie meinen, dass wir keine Verluste zu beklagen und den Auftrag ausgeführt haben, gebe ich Ihnen recht, aber die Russen wissen jetzt, dass wir hier sind. Wir befinden uns im Feindesland, hinter den Linien und sie werden uns jagen, Rohrmoser. Glauben Sie mir. Jetzt beginnt eine Hetzjagd!"

„Sie werden es schwer haben, denn wir haben einen guten Führer!"

Foto: Privatarchiv des Autor

PA-0064 – zerstörte Brücke

Auf Höhe der umgefallenen Kiefer wurde eine kurze Rast eingelegt. Der russisch sprechende Nachrichtenmann meldete sich zu Wort. „Auf der Frequenz herrscht Aufregung pur, Herr Leutnant. Die Brücke ist komplett zerstört, der Spähtrupp hat sieben Tote und fünf Verwundete zu beklagen. Unter den Gefallenen befinden sich u.a. der Führer der Einheit, sowie ein Unteroffizier. Die Überlebenden Soldaten bitten um Anweisung."

„Sehr gut, Sergej. Bleiben Sie dran!"

Der Nachrichter zuckte leicht zusammen. „Jemand brüllt ins Funkgerät und pfeift die Rotarmisten zusammen. Er sagt, sie sollen sich ruhig verhalten."

„Der Feind rechnet also damit, dass wir den Funkverkehr abhören", schloss Brenner daraus. „Halonen, hat es Sinn, wenn wir nachts marschieren?"

„Es ist schwer, Herr Leutnant. Man kann sich nicht so gut orientieren."

„Schwer heißt nicht unmöglich! Spätestens morgen Vormittag wird es hier von Rotarmisten nur so wimmeln. Mir wäre es lieber, wenn wir bis dahin ein paar Kilometer weiter weg wären."

„Dann versuchen wir es."

Noch einmal nahmen die Landser ihre Kraft zusammen und folgten dem Finnen durch den dichten Wald. Sie kamen nur langsam voran, der Rückweg war beschwerlicher als erwartet. Erst im Morgengrauen erreichten sie das Biwak mit den Iglus.

„Hier sind wir sicher. Das Biwak ist nur sehr schwer zu finden. Von der Luft aus kann man es gar nicht sehen!", meinte der Finne.

„Ich schlage vor, wir werden bis Mittag hierbleiben und frühestens am Nachmittag weiterziehen. Dann sind meine Männer auch wieder leistungsfähig."

„Der Zeitplan würde so auch eingehalten werden. Wir haben einen guten Vorsprung und können pünktlich am Treffpunkt bei Lutto eintreffen."

Todmüde und zufrieden krochen sie in die Schneehäuser. Sie waren dem Feind entwischt.

Ulrich Czegenyi glaubte seine Beine nicht mehr zu spüren. Der Niederbayer war am Ende seiner Kräfte und wollte nur noch schlafen. Er schnallte die Schneeschuhe ab. Bevor er durch den kleinen Eingang in den Iglu schlüpfen konnte, sprach in Brenner an: „Das haben Sie sehr gut gemacht!"

Der Gefreite lächelte müde. „Danke, Herr Leutnant."

„In nächster Zeit wird auf dieser Linie kein Transport mehr rollen. Bis die Strecke wieder benutzbar ist, wird einige Zeit vergehen. Wenn unsere anderen Kameraden gleichwertige Erfolge verbuchen konnten, dürfte es heikel mit der russischen Offensive werden."

„Hoffen wir es", antwortete der Pionier und gähnte.

„Legen Sie sich schlafen."

„Danke, Herr Leutnant. Ich schätze, ich bin in weniger als einer Minute im Traumland."

Der Weg zum Treffpunkt bei Lutto erwies sich als äußerst schwierig. Erste Ausläufer des angekündigten Tiefdruckgebiets fegten über die *Brandenburger* hinweg. Arktischer Wind und dunkle, tief hängende Wolken kündigten das Unwetter an. Immer wieder gingen die Blicke der Landser des *III./15./3. Lehrregiment Brandenburg z.b.V. 800* nach oben.

„Das einzig Gute an dieser miesen Wetterfront ist, dass keine russischen Aufklärer fliegen können", stellten sie mit Galgenhumor fest.

Um schneller voran zu kommen wurden letzte Kraftreserven mobilisiert. Das harte Training machte sich bezahlt. Irgendwann begann es zu schneien. Erst tanzten einzelne Schneeflocken im kalten Wind, dann wurden es immer mehr und schlagartig herrschte dichtes Schneetreiben. Die Sicht war erheblich eingeschränkt.

„Dichter aufrücken!"

Sie tauschten Skier gegen Schneeschuhe und ersetzten Wollmützen durch Pelzkappen.

„Ohne Skibrille wäre ich jetzt vollkommen blind", meinte der Südtiroler.

„Ist eh kaum ein Unterschied feststellbar. Man sieht ja keine zwei Meter weit", antwortete einer der Schweizer.

Eingehüllt in ihre Winterbekleidung trotzten die *Brandenburger* den Witterungsbedingungen und kämpften sich Meter um Meter voran. Der dichte nordische Urwald hinderte Schnee- und Windböen zwar daran die Soldaten mit voller Wucht zu treffen, doch die Stimmung wirkte sich auf die Psyche der Männer aus. Es war unheimlich. Baumstämme wiegten sich wie Grashalme im Wind. Das Holz knirschte und knackte, als drohte es jedem Moment zu brechen. Die Sicht war stark eingeschränkt. Wie schon so oft, mussten sie alles geben.

Dank des Wissens von Aimo Halonen und der eisernen Disziplin seines Zuges, gelang es Leutnant Brenner den Halbzug ohne Verluste zum vereinbarten Treffpunkt mit der restlichen Kompanie zu führen. Als sie endlich am Ziel waren, sanken die Soldaten erschöpft zu Boden. Sie waren die Ersten am Sammelpunkt. Um Schutz vor dem Wind zu bekommen, schlugen sie ihre Zelte auf. Die Nachrichtenmänner versuchten eine Funkverbindung herzustellen. Stunden später traf auch die restliche Kompanie ein.

Nach der Auswertung der Lagemeldungen war Leutnant Trommsdorf zufrieden. Fast alle Ziele wurden zerstört. Die Rote Armee war sichtlich verwirrt und hatte alle Hände voll zu tun. An Verlusten gab es lediglich zwei Verwundete zu melden und die konnten nach Angaben des Militärarztes bei der Truppe verbleiben.

„Noch vier Stunden Ruhe, dann brechen wir auf. Wir treffen uns mit den Gebirgsjägern vor Lutto."

„Hat sich am Angriffsplan etwas geändert?"

„Nein, Leutnant Ostenrieder", erklärte der Kompaniechef. „Wir gehen nachts in Halbtarnung ins Dorf rein. Der Zug von Leutnant Brenner übernimmt die Sicherung. In Lutto stiften wir Unruhe und ziehen uns zurück. Das Gebirgsjäger-Bataillon greift im Morgengrauen an!"

Unaufhörlich tobte der Schneesturm und fegte über die finnische Landschaft. Aufgrund der extremen Witterungsbedingungen kam es zum Fiasko. Die Gebirgsjäger und die Kompanie der Brandenburger verfehlten sich. Als Leutnant Trommsdorf mit seinen Männern endlich am vereinbarten Ziel eintraf, war es bereits zu spät. Der Kommandeur der Gebirgsjäger wollte den vorgegebenen Zeitplan unbedingt einhalten und hatte beschlossen ohne Vorarbeit der Brandenburger anzugreifen. Mit nachlassendem Sturm stürmten seine Jäger gegen Lutto und wurden blutig abgewehrt.

Aufgrund der vorangegangen Anschläge im Hinterland, waren sämtliche Stützpunkte der Roten Armee in Alarmbereitschaft versetzt worden. Am Ende des Tages musste der Rückzug angetreten werden.

Der Nachrichter war mehr als aufgeregt. „Herr Leutnant ... Herr Leutnant!", rief er und suchte verzweifelt den Kompanieführer.

„Ich bin hier", antwortete Trommsdorf.

Völlig außer Atem kam der Fernmelder zum Stehen und schnappte nach Luft. „Wir haben Nachricht … von … unsern Leuten … und … einen … sowjetischen Funkspruch ab…abgefangen!"
„Langsam. Holen Sie erst mal Luft!"
Der Nachrichtenmann beruhigte sich etwas, schnaufte ein paarmal tief durch und begann nochmal. „Die Gebirgsjäger haben ohne unsere Unterstützung angegriffen. Sie wurden abgewiesen, haben herbe Verluste erlitten und ziehen sich zurück."
Trommsdorf ballte die rechte Faust und schlug sie wütend in die linke Handfläche. „Verdammt! Das hätte nicht sein müssen!"
„Und …", fuhr der Nachrichter sichtlich nervös fort, „… die Russen sind hier!"
„Wie meinen Sie das?"
„Sie jagen uns mit zwei Bataillonen!"
„Nehmen Sie Kontakt mit den Gebirgsjägern auf!"
Die Kompanie der *Brandenburger* erhielt den Rückzugsbefehl.
Wieder veranstaltete das Wetter Kapriolen. Ein Hochdruckgebiet löste das Tief ab. Die Temperaturen stiegen merklich an. Es taute.
„Leutnant Brenner, Sie übernehmen mit ihrem Zug die Nachhut. Sie hatten die längste Ruhephase!"
„Zu Befehl."
Sämtliche noch vorhandenen Sprengfallen und Minen wurden dem 3. Zug überlassen. Neben Aimo Halonen blieb noch ein weiterer finnischer Jäger bei ihnen. Beide streiften durch die Wälder um aufzuklären, ob sich bereits Rotarmisten im Anmarsch befanden.
Das Lager war geräumt, die zurück gebliebenen *Brandenburger* begannen mit dem Auslegen von Sprengfallen. Czegenyi band eine Stockmine mit Zugzünder an einen Baum. Die untere Öffnung der Mine dämmte der Pionier mit einem Holzstopfen, damit Sprengkapsel und Minenladung nicht herausrutschten. Anschließend verlegte er den Verbindungsdraht und fixierte ihn mittels eines kleinen Holzpfosten in der Erde. Über den angehäuften Schnee legte der Gefreite schließlich noch dünnes Astwerk. Zufrieden betrachtete der Niederbayer sein Werk. Graupner, der Tiroler, kam zu ihm. „Bist du fertig?"
„Hier schon, aber ich habe noch eine Fußschlingenmine gebastelt, die möchte ich dort einsetzen, wo wir den Pfad in den Wald geschlagen haben."
Beide begaben sich zur besagen Stelle. Während Czegenyi einen geeigneten Platz suchte und mit dem Bajonett den Boden auflockerte,

erzählte Graupner, dass Leutnant Brenner an der rechen Flanke ein paar Scheinminen neben zwei scharfen Minen legen ließ.

„Und warum?"

„Das haben wir uns auch gefragt, aber dann war alles klar. Sobald die Iwans die Minen finden, weichen sie aus, weil sie annehmen, der Trampelpfad sei vermint. Also hat Brenner überall außen herum Stockminen anbringen lassen. Wenn die Russen dort in die Falle tappen, werden sie ihr blaues Wunder erleben."

„Ganz schön ausgepufft!"

Der Tiroler zeigte nach vorn. „Die Finnen kommen zurück!"

„Ich verteile nur noch ein paar S-Minen."

„Welche hast du dabei?"

„Ich habe die Version mit Druckzünder. Wir stecken die Töpfe nur ein wenig in den Schnee oder die Erde, wenn ein Rotarmist drauf tritt …", erklärte Czegenyi eifrig, obwohl alle *Brandenburger* diese Art Mine seit ihrer Ausbildung kannten, „… entzündet sich, ein Feuerstrahl, der wiederum auf den Verzögerungszünder und die Treibladung gelangt. Der Minentopf …", er zeigte auf den 13 cm hohen und 122 mm Durchmesser habenden Sprengsatz, „… wird dann ungefähr einen bis eineinhalb Meter hoch in die Luft geschleudert und detoniert. Im Topf hier befinden sich exakt 365 Stahlkugeln, die im Umkreis von 100 Metern alles durchsieben, was sich ihnen in den Weg stellt." Ehrfürchtig stellte der Gefreite die Mine zurück auf den Boden. „Die Dinger wiegen gute 4 kg. Fünf Stück habe ich in meinem Rucksack. Natürlich hat der Sprengmeister aus Zossen nicht vergessen, die allerneueste *Heeres-Dienstvorschrift 220/4c* beizulegen. Das Ding ist nagelneu und wird erst seit dem 1. März dieses Jahres ausgegeben."

Während der Pionier voller Stolz seine S-Minen 35 präsentierte, beobachtete der Tiroler die beiden Finnen. „Sie sehen etwas abgehetzt aus."

Czegenyi, der nur seine Sprengkörper im Kopf hatte, sah den Österreicher verdutzt an. „Wie können Minen abgehetzt aussehen?"

„Nicht die Minen, ich meine die Jäger!"

Der Pionier stand auf und suchte die Jäger. Tatsächlich liefen beide Fährtensucher sehr schnell auf die *Brandenburger* zu. Jedem war klar, dass dies keine normale Rückkehr war! Halonen drehte sich immer wieder um.

„Da stimmt was nicht! Lauf schnell zu Leutnant Brenner und sag ihm bescheid."

Graupner lief los. Czegenyi überlegte kurz, ob er zumindest noch eine der S-Minen eingraben sollte, verwarf den Gedanken jedoch und packte die Sprengkörper wieder in seinen Rucksack. Das Bajonett wurde in die Scheide zurückgeschoben, der Spaten am Koppel angebracht. Dann schnappte sich der Niederbayer den K 98 und ging Aimo Halonen entgegen. Beide Finnen schienen um ihr Leben zu Laufen. Ein Schuss krachte.

„Russen!", warnte Halonen laut.

Sofort ging Czegenyi in Deckung und legte an. Noch konnte er nichts erkennen. Wieder hallte ein Schuss. Unteroffizier Rohrmoser kam mit den anderen angerannt. Im gleichen Moment ratterte eine Maschinenpistole. Ein gellender Schrei mischte sich in die Salve. Der vordere Finne war zusammengebrochen. Halonen hielt auf Höhe seines Kameraden an und kniete sich ab. Dann brachte er sein Gewehr in Anschlag, drehte sich zum Feind und feuerte. Jetzt sah auch der Pionier erste Gestalten auftauchen. Sie trugen ebenfalls weiße Tarnkleider, jedoch war die russische Form des Stahlhelms gut zu erkennen. Czegenyi presste den Kolben des Karabiners fest in die Schulter. Sein Blick ging über die Kimme entlang des Laufs übers Korn direkt in die Ausläufer des Waldes. Er erhaschte eine Bewegung, ging ins Ziel und drückte ab. Treffer. Jemand fiel zu Boden. Immer mehr *Brandenburger* kamen angelaufen und gaben den beiden Finnen Feuerschutz. Endlich ratterte das Maschinengewehr los und bestrich die Gegend mit Feuerstößen. Der bullige Sanitäter kam keuchend angelaufen, sah weder nach links oder rechts und stürmte an Czegenyi vorbei. Im Schlepptau hatte er den großen Akja. Unbeschadet erreichte der Sani den verletzten Jäger. Gemeinsam mit Halonen legte er den Verwundeten in den Pulkschlitten und zog ihn zurück. An der Flanke stürmten plötzlich einige Rotarmisten aus dem Wald. Sobald sie die schützenden Baumreihen verlassen hatten, erhielten sie Feuerschutz von einem Maschinengewehr. „Uräh!", schrien sie lautstark.

„Wir müssen sofort einen Gegenangriff machen, sonst dringen sie hier ein und umgehen die Minengürtel und Sprengfallen!", brüllte Rohrmoser. „Gruppe fertigmachen zum Angriff! Vorwärts!", kaum ausgesprochen, sprang der Süddeutsche auf, jagte eine Salve aus seiner MP und rannte seitlich in den Pulk der russischen Soldaten. Ohne zögern waren Rohrmosers Männer mit einem kräftig ausgestoßenem „Hurra!", ihrem Unteroffizier gefolgt.

„Verdammt! Auch das noch!", fluchte Czegenyi, schnallte den Rucksack ab und schloss sich dem Gegenangriff an. Flink trugen ihn seine Beine dem verdutzten Gegner entgegen. Gesichter waren zu erkennen. Mündungsfeuer blitzte auf. Der Pionier hielt seine Waffe halb hoch und gab einen ungezielten Schuss ab, dann packte er den Lauf des Karabiners und hob ihn wie eine Streitaxt über die rechte Schulter. Im Nu stand er vor einem verblüfft dreinblickenden Sowjet. Der Rotarmist versuchte verzweifelt sein Moisin-Gewehr nachzuladen. Er repetierte hastig, doch bevor er einen Schuss abgeben konnte, traf ihn der hart ausgeführte Schlag des Gefreiten zwischen Schulter und Hals. Das Schlüsselbein knackte. Ein zweiter heftiger Stoß drückte den Kehlkopf des Rotarmisten ein. Ein Projektil zischte am rechten Ohr Czegenyis vorbei. Im Augenwinkel erkannte er wie der Schütze vom Südtiroler mit einem Spatenhieb niedergestreckt wurde. Der Pionier drehte sein Gewehr, repetierte und zielte. Sofort drückte er ab und traf einen geradewegs mit ausgestrecktem Gewehr und aufgepflanztem Bajonett auf ihn zulaufenden Russen mitten in die Brust. Der Angreifer wurde zurückgestoßen. Es hatte den Anschein, als liefe er gegen eine unsichtbare Wand. Der Russe ging in die Knie. Ein großer roter Fleck breitete sich auf dem weißen Tarnhemd aus. So plötzlich, wie er kam, war der Spuk vorbei. Das sowjetische Maschinengewehr schwieg. Die Bedienmannschaft lag im Schnee. Um sie herum färbte sich der Schnee blutrot. Die Rotarmisten zogen sich zurück. Mann für Mann war im Wald verschwunden.

„Erste Gruppe nachsetzen!", donnerte von der anderen Flanke die Stimme von Leutnant Brenner.
Heftig atmend sah sich Czegenyi um. Er stützte sich dabei auf seinen Karabiner ab. „Danke!", warf er dem Südtiroler zu. Dieser nickte lediglich. Wieder kam der bullige Sanitäter angelaufen. Er hatte den Finnen wohl ausgeladen und eilte zurück um den nächsten Verwundeten zu holen. Schnell zählte der Pionier seine Kameraden durch. Er konnte Graupner nicht entdecken. „Graupner?", rief er.
„Hier!"
Erleichterung, gefolgt von besorgten Blicken. Graupner kniete neben einem Landser. Der Sani und Czegenyi liefen hin. Es war Rohrmoser. Der Familienvater lag auf einem großen roten Fleck. „Nein!", stieß Czegenyi aus.
Graupner hatte Tränen in den Augen. „Er ... ist ... tot!"

„Nein! Verfluchter Krieg!", stieß der Niederbayer aus. Im tiefsten Herzen war er betroffen und sah das Bild der weinenden Kinder und der trauernden Witwe vor sich. „Nein, nicht er!", stammelte er und kämpfte ebenfalls mit den Tränen. Sein Herz bekam einen Riss „Verfluchter Krieg!"

Neben Rohrmoser waren noch einer der Süddeutschen und einer der Schweizer gefallen. Zwei Männer waren leicht verwundet. Der finnische Jäger hingegen war schwer verletzt. Er lag im Pulkschlitten und musste gezogen werden. Längst hatte der Soldat das Bewusstsein verloren.

Die erste Gruppe kam zurück. Neben dem Gegenstoß, hatte auch das Nachsetzen seine Wirkung erzielt.

Es stellte sich heraus, dass die beiden Einheimischen direkt einem sowjetischen Ski-Trupp über den Weg fuhren, die sofort die Verfolgung aufnahmen. Mit den *Brandenburgern* hatten die Rotarmisten allerdings nicht gerechnet. Der Zusammenstoß kam für sie überraschend.

„Es ist jetzt nur noch eine Frage der Zeit, wann sie mit Verstärkung wiederkommen", stellte Leutnant Brenner fest. „Begrabt die Gefallenen soweit wie möglich, dann rücken wir ab!"

„Wir können höchstens ein Loch in den Boden sprengen, Herr Leutnant. Die Erde ist trotz des Tauwetter noch gefroren!"

„Dann sprengt!", stieß der Offizier barsch aus.

Zwei Stunden später war die traurige Pflicht erfüllt. Einfache Holzkreuze zierten die Gräber der deutschen Soldaten, während die gefallenen russischen Soldaten lediglich in Reihe aufgebahrt wurden. „Sie sollen sich später selbst um ihre Toten kümmern", war Brenners Meinung.

Die bislang minenfreie Fläche, über die der Angriff erfolgte, wurde anschließend ebenfalls vermint.

„Drei von meinen fünf S-35ern habe ich gesetzt, die zwei übrigen Sprengkörper nehme ich mit. Wenn uns die Sibirer am Hintern hängen, möchte ich gern noch eine Überraschung parat haben", entschied der Pionier beließ zwei S-Minen im Rucksack.

Einer der positionierten Vorposten kam angelaufen. „Herr Leutnant, die Russen kommen. Ich habe mich etwas weiter vorgewagt und konnte von meiner Stellung aus mit dem Feldstecher ein paar Meter vom Bachlauf einsehen, den auch wir benutzt haben. Dort wimmelt es von Rotarmisten", meldete der Schütze.

„Beim Bachlauf? Verdammt, dann sind sie in spätestens 30 Minuten hier", stieß der Offizier aus. „Sammeln! Wir rücken ab. Die dritte Gruppe setzt sich an die Spitze, die zweite Gruppe sichert die Flanken, die dritte Gruppe sichert nach hinten ab!"

Der Zug benötigte keine fünf Minuten, um die Abmarschbereitschaft herzustellen. Eine letzte Unterredung mit dem finnischen Fährtensucher erfolgte. Halonen ging davon aus, dass die Sowjets auf jeden Fall noch bei Tageslicht angreifen, bzw. nachsetzen würden. „... und bei dem Tauwetter kommen wir nicht so schnell voran, denn die Teilstrecken, die wir beim Marsch hierher auf Skiern zurückgelegt haben, müssen wir jetzt zu Fuß überwinden. Das wird schwierig, denn wir haben sumpfiges Gebiet zu durchqueren!"

„Können wir bei Dunkelheit marschieren?"

„Heute geht es noch ein Stück, aber wir kommen bald in eine Gegend, da ist es tagsüber schon gefährlich sie zu durchqueren."

„Dann lassen Sie uns keine Zeit mehr verlieren? Wie sieht es mit den Verwundeten aus?", erkundigte sich der Zugführer bei dem bulligen Sanitäter, der dem III. Zug zugeteilt war.

„Der finnische Jäger muss so schnell wie möglich operiert werden. Ich habe ihm Schmerzmittel verabreicht, aber ...", ein Blick zum Akja folgte, „... es hilft nichts. Er muss eben noch zwei Tage die Zähne zusammenbeißen. Entweder er schafft es, oder er wird ...", das Satzende ließ der Sani offen. „Die beiden leicht verwundeten Kameraden schaffen es. Sie sollten nur kein Gepäck schleppen", deutete er auf die Männer die jeweils einen Verband trugen.

„Gut, dann gehen wir los! Abmarsch!", rief er das Kommando zum Aufbruch aus.

Der Feind war schneller am ursprünglichen Lager als erwartet. Der Zug war kaum eine Viertelstunde unterwegs, als die ersten Detonationen zu hören waren. Explosion um Explosion folgte. Dann kehrte Ruhe ein. Später detonierten erneut Sprengkörper. Die Rotarmisten waren offensichtlich in den nächsten verminten Geländeabschnitt gelaufen. Leutnant Brenner war zufrieden. Die Effektivität des Minengürtels verschaffte ihnen den benötigten Zeitraum für einen vernünftigen Rückzug. Er wusste in diesem Moment, dass er Pionier Czegenyi trotz dessen bisherigen Auffälligkeiten zur Beförderung vorschlagen würde. Zudem überlegte der Offizier, ob die durchgeführte Sprengung der Eisenbahnbrücke trotz Feindbeschuss schon für den Vorschlag zum Eisernen Kreuz reichte. *Mit diesen alpenländischen Sturköpfen ist es oft nicht einfach zusammenzuarbeiten*, dachte er sich und besann sich seiner eigenen Herkunft. Trotz der zurückliegenden Strapazen huschte ein Lächeln über das Gesicht des Zugführers aus Berchtesgaden.

Als es dämmerte ging es erst sehr langsam, bei Einbrechen der Nacht gar nicht weiter. Der Himmel war wolkenverhangen und kein Sternenlicht schimmerte. Zwangspause!

„Für die Russen herrschen die gleichen Bedingungen", beruhigte Halonen den sich sorgenden Leutnant. „Außerdem hat das Tauwetter auch einen Vorteil. Selbst wenn wir im Restschnee noch Spuren hinterlassen, sind sie später nicht mehr zu finden."

„Da haben Sie zwar recht, aber wir dürfen nicht vergessen, dass der Feind nur eine halbe Stunde von uns entfernt ist!"

„Er wurde aufgehalten. Die Sprengfallen haben sicher mehrere Opfer gefordert."

„Die Russen werden dennoch ihre Spähtrupps aussenden um uns zu verfolgen. Das Gros der Iwans folgt kurz darauf. Machen Sie sich darüber keine Sorgen."

Sie beschlossen nachts doppelte Wachen aufzustellen. Entgegen allen Befürchtungen, gab es keine Feindberührung. Am nächsten Morgen wurde alle noch bei Dunkelheit geweckt. Sie vertilgten die letzten Brote. Der Proviant war zu Ende. Dem Schwerverwundeten ging es zusehends schlechter. Er hatte mittlerweile Fieber bekommen. Der Sanitäter öffnete seinen Koffer und verabreichte ein fiebersenkendes Mittel. Dann wechselte er den Verband des finnischen Jägers und gab ihm zusätzlich etwas gegen die Schmerzen. Dankbare Augen sahen den bulligen Landser an. „Keine Angst mein Freund, ich habe genug Kraft um dich bis nach Helsinki zu ziehen. Wir schaffen das!"

Mit dem ersten tristen grau des Morgens ging es weiter. Eine MG-Mannschaft blieb noch etwa zwanzig Minuten in Stellung. Sie sollten etwaige Verfolger unter Beschuss nehmen und aufhalten. Als niemand kam, packten sie die Waffe ein und schlossen wieder auf.

Als es einen Höhenrücken zu erklimmen galt, zogen sie den Akja mit dem Verletzten zu dritt. Die Temperaturschwankungen machten den Männern zu schaffen. Aus den ursprünglichen Minusgraden waren in kürzester Zeit Plusgrade geworden. Zusätzlich gab es nichts mehr zu essen. Vielen machte der Kreislauf zu schaffen, dennoch hielten alle durch. Auf dem Höhenkamm legten sie ungefähr einen Kilometer zurück, dann mussten sie wieder eine Talsenke durchqueren. Dort näherten sich die *Brandenburger* einer kleinen Schlucht über die ein Steg führte. Der unten fließende Bach war wild. Aufgefüllt vom Schmelzwasser des Schnees schossen jetzt schon beachtliche Wassermassen durch den Bachlauf. Die Männer betrachteten sekundenlang das kleine Naturschauspiel gebannt.

„Es musste Jahrhunderte gedauert haben, bis sich das fließende Gewässer sich so tief in die Erde grub, sodass diese Schlucht entstand", presste einer von ihnen aus.

Eine achtlos weggeworfene Konservendose zeugte davon, dass auch Trommsdorf mit den anderen Männern hier gewesen sein musste.

„Mein finnischer Kamerad hat einen ähnlichen Weg gewählt, wie ich. Bei Tauwetter muss man so gehen", erklärte Halonen.

„Herr Leutnant", meldete sich Czegenyi zu Wort.

„Was gibt es?"

„Ich habe noch zwei S-35 Minen, diese acht Kilo Gepäck möchte ich gern los werden und ich dachte, dass dieser Steg hier genau das Richtige dafür wäre."

„Sehr gute Idee. Sobald der Russe einen Fuß auf die Brücke setzt, kracht es."

„Ich würde vorschlagen, die Minen auf der anderen Seite zu setzen. Auf dieser Seite suchen sie sicher nach Sprengfallen. Drüben sicherlich weniger. Die zweite Mine würde ich auf Glück einfach seitlich auf dieser Seite eingraben. Wenn es drüben rumst, werfen sich die Iwans in Deckung, dann kann es doch sein, dass ...", der Pionier grinste.

„Machen Sie das so, wie sie denken!"

Nachdem alle Soldaten den Steg passiert hatten, verlegte der Pionier beide Sprengladungen. Entgegen seines ersten Vorschlags, vergrub er beide S-35 Minen dicht nebeneinander. Überqueren ihre Verfolger die Schlucht, musste einer von ihnen unweigerlich auf eine der Minen treten und so das unaufhaltsame Fiasko auslösen.

Wieder wartete eine der Maschinengewehr-Bedienmannschaften auf den Feind. Damit die Bodennässe nicht binnen kürzester Zeit ihre Uniformen durchdrang, legten sie ausreichend Äste und Grünzeug der Nadelbäume auf die Erde. Halonen schaffte so viel Unterlegmaterial heran, dass das MG-Nest trocken war. Ihre Position war ideal. Sie konnten sowohl den Steg, als auch den gegenüberliegenden Hang unter abdecken und sich bei starken Gegenfeuer ins dichte Unterholz zurückziehen. Sollten die Minen nicht auslösen, mussten sie den Steg feindfrei halten, damit dieser von Czegenyi mittels einer Sprengbüchse hochgejagt werden konnte. Aus diesem Grund musste auch der Pionier bei den MG-Schützen bleiben.

„Ihr werdet unseren Weg finden. Sollten wir den Pfad verlassen, hinterlassen wir ein unübersehbares Zeichen!", erklärte Halonen, grüßte und setzte sich wieder an die Spitze der Nachhut.

„Mein Magen knurrt, als ob er seit Wochen nichts mehr zu tun hatte", scherzte der Pionier, als sich sein Bauch lautstark brummend bemerkbar machte.

„Ich kann dir leider nichts anbieten, Kamerad. Wir haben auch schon alles gefuttert, was wir hatten."

„Passt auf, Jungs. Sie kommen!", warnte der Schütze II.

Drei Augenpaare visierten den sich nähernden Gegner an. Der Schütze II blickte auf seine Armbanduhr. „Die Kerle sind näher als wir dachten. Ich möchte nicht wissen, ob sie uns nicht schon eine Weile beobachtet haben", flüsterte er.

Der Schütze I machte sich bereit. „Sie sind sehr vorsichtig, aber sie sehen uns nicht. Aimo hat uns unsichtbar gemacht. Das ist wirklich seine Welt", gab der Mann hinter dem MG von sich. „Nein, so wie sie sich bewegen, haben sie uns nicht beobachtet."

Der Schütze III kauerte etwas zurückgezogen bei der Munition und verhielt sich ruhig.

Die Rotarmisten bewegten sich vorsichtig. Einer von ihnen blieb stehen und beobachte die für ihn gegenüber liegende Seite der Schlucht genauestens. Dazu benutzte er teilweise ein Fernglas, teilweise schien er das Gelände nur mit bloßem Auge abzusuchen. Ein Wink mit der rechten Hand folgte. Sofort erhoben sich zwei weitere Rotarmisten und liefen geduckt bis zum Steg. Dort angekommen, gingen sie in die Knie. Während einer sicherte, stocherte der zweite Sowjetsoldat mit einem Bajonett unter den ersten Holzbohlen herum. Czegenyis Instinkt hatte ihn nicht getäuscht. Nachdem die Russen beim letzten Lager in eine Minenfalle geraten waren, gingen sie diesmal behutsamer vor. Der feindliche Soldat gab Entwarnung. Die vier *Brandenburger* trauten ihren Augen nicht, als es auf der anderen Seite plötzlich nur so von Rotarmisten wimmelte.

„Das ist mindestens eine halbe Kompanie", flüsterte der Schütze I erstaunt.

„Wenn die nicht auf die S-35 latschen, und ich die Sprengbüchse dort vorn anbringen muss, ist das mein letzter Auftrag. Das überlebe ich nicht!", presste der Pionier aus.

Herzrasen setzte ein. Die deutschen Landser fühlten sich in ihrer Haut nicht mehr wohl.

Die ersten beiden Rotarmisten betraten den Steg. Vorsichtig setzten sie Fuß vor Fuß. Czegenyi befürchtete, dass sie peinlich genau den Boden absuchen würden und dabei die hervorstehenden Druckzünder entdeckten, doch die Blicke der Russen waren auf das Unterholz gerichtet. Der vordere Sowjet erreichte die andere Seite und setzte seinen Fuß auf die Erde. Er drehte sich dabei zur Seite und winkte seine Kameraden zu sich.

Er muss nur Millimeter neben dem Zünder stehen, hallte es in Czegenyis Kopf wider.

Das Herzrasen bei den Deutschen konnte nicht schneller sein. Der Puls trommelte im Stakkato, Schweißperlen standen auf den Stirnen.

„Die Russen fühlen sich sicher", hauchte der Schütze I kaum hörbar aus.

Da alles ruhig blieb, strömten die russischen Soldaten in Richtung Steg.

Der niederbayerische Pionier verzweifelte schier. Sein Puls raste schlimmer, als beim Fallschirmabsprung. Immer noch stand der vorderste Russe nächst den beiden Zündern und bewegte keinen Fuß. Der Schütze I legte den rechten Zeigefinger an den Abzugsbügel der Schnellfeuerwaffe. „Wenn sie auf dem Steg sind, drücke ich ab!", teilte er mit. „Das gibt die größte Panik."

„Wir müssen auf der Hut sein. Ein paar Feuerstöße, dann haben sie uns entdeckt. Ich verwette meinen ganzen Besitz, darauf, dass sie ihr Vorrücken auch mit einem Maschinengewehr absichern", mahnte der Schütze III von hinten.

Jetzt begann es. Ungefähr fünf Rotarmisten befanden sich auf dem Steg, als sich der vorderste Mann umdrehte und dabei auf einen Zünder trat. Wie gelähmt standen die Sowjetsoldaten auf dem Steg und starrten für den Bruchteil einer Sekunde auf die aus Erde schnellende Mine. Als sie in Höhe von eineinhalb Metern zerbarst, war es zu spät um zu reagieren. Splitter und Stahlkugeln surrten durch die Luft und suchten ihren Weg durch das weiche Fleisch der Rotarmisten. Auch die zweite Mine wurde ausgelöst. Die Wirkung war verheerend.

Ein paar Soldaten, die sich auf dem Steg befanden, stürzten in die Schlucht. Überall lagen Tote und Verwundete herum. Stöhnen, Jammern und Schreien vermischten sich zu einem nicht wiederzugebenden Schreckenslaut. Am liebsten hätte sich Ulrich Czegenyi die Ohren zugehalten und wäre weggerannt, doch es war Krieg und die Männer, die sich vor Schmerzen auf der Erde wälzten oder bereits starben, trachteten nach seinem Leben. Und er wollte es so teuer als möglich verkaufen. Schrecken wich einer Art Panik. Diese machte Platz für Mitleid, das wiederum vom Selbsterhaltungstrieb des Niederbayern beiseite geschoben wurde. „Hat es einen von euch erwischt?"

„Nein."

„Dann haben wir Glück gehabt. Seht, ein paar von den Stahlkugel sind in die Stämme bei uns eingeschlagen!"

Ein paar Sowjets schossen einige Salven ins Unterholz. Erst auf Befehl eines Offiziers wurde das Feuer eingestellt. Hektische Rufe. Jeder der nicht getroffen war versuchte zu helfen. Der Steg stand noch. Entgegen der Hoffnung des deutschen Pioniers war dieser nicht zusammengebrochen. „Mist!", fluchte der Gefreite.

Der Schütze I am MG zeigte Nerven. Immer noch lag sein Abzugsfinger am Bügel. Der Feind war keine siebzig Meter entfernt. Inzwischen hatte sich ein größerer Pulk gebildet. Zwei Mann gingen vorsichtig über den Steg. In diesem Moment zog der Schütze I den Abzug durch. Feuerstoß um Feuerstoß jagte er hinaus und schickte die Projektile dem ohnehin schon gequälten Feind entgegen. Getroffene Körper fielen zu Boden. Blut spritzte und färbte die Erde rot.

„Ich muss den Steg sprengen!"

„Das schaffst du nicht, bleib hier. Du kommst nicht mehr ran!"

„Aber das ist mein Auftrag!"

„Das wäre Selbstmord!", warnte der Schütze III.

„Einen Gurt jage ich noch raus, dann müssen wir verschwinden. Sie werden uns gleich entdeckt haben!", kaum hatte der Schütze I ausgesprochen, sackte er tot zusammen. Ein Explosivgeschoß hatte seine linke Gesichtshälfte vollkommen zerschmettert.

Blut, Knochensplitter und Hirnmasse klebten verteilt an der Uniform des Schützen II.

„Das war ein Scharfschütze!", plärrte dieser und zog geistesgegenwärtig das MG zurück. Blitzschnell verschwanden die *Brandenburger* im Unterholz.

„Ich kann nicht weg! Ich muss die Sprengbüchse anbringen!"
„Vergiss es Kamerad. Wir finden schon noch 'ne passende Stelle! Jetzt erst mal nichts wie weg hier!"
„Junge, leg das Ding hierher. Wenn die Russen kommen um nachzusetzen, rumst es ordentlich!"
„Aber der Steg ..."
„Mit vier gefällten Baumstämmen haben die Sowjets das Ding in zehn Minuten wieder hergerichtet, geht das nicht in deinen Dickschädel hinein?"
„Er hat recht. Wir hauen ab!"
Das Pionier begriff die Situation allmählich. Gemeinsam mit dem Schützen II und III zog er sich vollends zurück. Die Sprengbüchse nahm er mit. Schnell fanden sie den Pfad, den die anderen genommen hatten. Diesmal setzen die Rotarmisten nicht sofort nach. Der Schock saß zu tief. Sie hatten, die Verwundeten mit einbezogen, mehr als die Hälfte ihrer Männer verloren. Ein herber Schlag.

Czegenyi und seine beiden Begleiter erreichten den restlichen Zug. Alle zusammen trafen schließlich auf die Kompanie.

Noch am Abend führte der Feldarzt bei dem verwundeten finnischen Jäger mit einfachsten Mitteln eine Notoperation durch. „Er stirbt unweigerlich, wenn ich nicht sofort operiere", hatte er gesagt und die volle Verantwortung übernommen. Der komplette zweite Zug hatte sich derweilen in Stellung gelegt, um einen etwaigen nachfolgenden Feind gebührend zu empfangen. Doch der Feind verlor nach und nach den Anschluss zu den Deutschen, da an jeder Weggabelung, an jedem zu überquerendem Bachlauf und hinter jedem Baum mit Fallen gerechnet wurde. Das verlangsamte das Nachrücken erheblich. Mit dem gewonnenem Abstand erreichten die *Brandenburger* letztendlich ohne weiteren Feindkontakt wieder sicheres Gebiet.

Als sie am zwei Tage später auf einen Spähtrupp der Gebirgsjäger stießen, wussten sie, dass sie es geschafft hatten.

Zurück im Ausgangslager wurde Resümee gezogen. Trotz der Niederlage von Lutto, gelangen mehrere Anschläge auf die Murmanbahn. Die Nachschubstrecke war zumindest für einige Zeit lahmgelegt. Die durchgeführten Störaktionen gegen die Rote Armee waren seitens der *15. Kompanie des Lehrregiments Brandenburg z.b.V. 800* ein großartiger Erfolg.

Als Leutnant Trommsdorf mit seinen Leuten erneut im Waldlager nächst Rovaniemi Quartier bezog, zollten ihnen die ebenfalls als elitäre Truppen angesehenen Gebirgsjäger gehörigen Respekt.

Foto: Privatarchiv des Autors, PA-0065 – Lazarett/Schreibstube

Die Blessuren des Einsatzes wurden behandelt. Man konnte sich ordentlich waschen. Alle wurden entlaust. Ein festes Dach über dem Kopf zu haben, auch wenn man in einem Feldbett schlief, und täglich eine warme Mahlzeit zu bekommen, sorgte bei der Truppe für eine schnelle Erholung. Die Mannschaften und Unteroffiziere waren in Holzhäusern untergebracht. Die Ausstattung war einfach aber relativ gut.

Den Offizieren war zum Wohnen ein eigenes Blockhaus zur Verfügung gestellt worden. Im vierten größeren Gebäude war sowohl der Krankenbereich, als auch die Kompanieschreibstube eingerichtet.

In den daneben befindlichen Stallungen lag die Ausrüstung der Brandenburger. Für die Schlittenhunde standen eigene Zwinger zur Verfügung. Das letzte Haus des Waldlagers war das beliebteste. Hier befand sich die Küche und ein kleiner Kantinenraum, in welchem rund 50 Männer sitzen konnten. Gegessen wurde deshalb in zwei Gruppen. Bereits die erste warme Mahlzeit nach den Tagen der Anstrengung wirkte Wunder. Der einfache Linseneintopf mit Wursteinlage wurde von vielen einer Weihnachtsgans gleichgesetzt.

Foto: Privatarchiv des Autor, PA-0067-Unterkunft im Wald-Landser

Der Divisionspfarrer der Gebirgsjäger hielt eine Trauermesse für die Gefallenen ab. Außer den Brandenburgern nahmen auch Gebirgsjäger, die finnischen Jäger und ein Teil des Generalstabs teil. Nach Ende des Gottesdienstes verabschiedete sich Leutnant Trommsdorf von den Offizieren der Gastteilnehmer, bedankte sich beim Priester und ging zur Kompanieschreibstube. Er hatte die traurige Pflicht lange vor sich her geschoben, doch jetzt musste der persönliche Brief an die Witwe von Unteroffizier Rohrmoser geschrieben werden. In der Regel übernahm der Spieß diese Angelegenheit, doch bei einigen seiner Männer bestand Trommsdorf darauf, das selbst zu erledigen. Die persönlichen Gegenstände des gefallenen Gruppenführers waren zu einem kleinen Päckchen geschnürt. Als der Trauerbrief fertig war, setzte der Kompanieführer seine Unterschrift darunter, legte den Füllfederhalter zur Seite und las die Zeilen noch einmal durch. Jedes Wort wurde förmlich auf das Papier gewürgt. Die Hand mit dem Füllfederhalter hatte merklich gezittert. Jedes Wort, das auf dem

Briefbogen stand, war ehrlich. *„... bleibt mir nur zu sagen, dass Ihr Mann sehr tapfer und ein Vorbild für alle war. Er starb einen schnellen Heldentod und rettete damit viele Leben seiner Kameraden. Er wird uns ewig unvergesslich bleiben. Sein Grab in den weiten Finnlands könnte schöner nicht liegen. Es wird von einem Kreuz aus Birkenholz geziert. Einer unserer Soldaten hat es fotografiert. Das Bild wird Ihnen, Frau Rohrmoser, nachgereicht. Wir werden unseren Kamer..."*

Es klopfte.

„Herein!"

Die Tür öffnete sich und Ulrich Czegenyi stand im Türrahmen des Holzblockhauses. „Entschuldigung Herr Leutnant. Ich hätte da noch ein Anliegen."

„Kommen Sie rein, Gefreiter. Wie kann ich Ihnen helfen?"

„Es geht um Unteroffizier Rohrmoser. Die Männer und ich ...", druckste der Niederbayer herum, „... nun ja, wir haben gesammelt. Vielleicht könnten Sie das Geld mit ins Päckchen legen. Wir dachten, es ... nun, es kann ja aussehen, als hätte er es gespart oder beim Kartenspielen gewonnen. Die Kinder ..."

„Geben Sie her. Ich lege auch noch was drauf. Ein feiner Zug von der Mannschaft!"

„Alle haben etwas in den Pott geworfen, Herr Leutnant. Ausnahmslos!"

Der Pionier überreichte ein mit Geldscheinen gefülltes Kuvert.

„Ich werde es so aussehen lassen, dass es nicht wie ein Almosen wirkt!"

„Danke, Herr Leutnant."

Czegenyi verließ die Schreibstube. Leutnant Trommsdorf packte zusammen und stellte Brief und Päckchen auf den Schreibtisch des Spießes. Dieser sollte es zum Feldpostmeister der Gebirgsjäger bringen.

Der Winter hatte sich in kürzester Zeit verflüchtigt und nasskaltes Tauwetter sorgte für eine stets feuchte Unbehaglichkeit. Geländeübungen waren verhasst. Matsch, Dreck und an warmen Tagen erste Stechmücken verübelten die Tage. Die Blessuren des harten Einsatzes hinter gebracht, stieg die Abenteuerlust unter den *Brandenburgern* wieder an.

Leutnant Trommsdorf musste das Kommando übergeben. Er war nach Berlin zurückbeordert worden. Leutnant Brenner übernahm die Kompanie. Sein Vorschlag zur Beförderung Czegenyis zum

Obergefreiten wurde wegen dessen tapferen Leistung angenommen. Der Pionier bekam mit der für ihn unerwarteten Verleihung des zweiten Winkels zusätzlich die Führung der Gruppe zugewiesen.
„Gratulation!", hieß es nur kurz.
Der Pionier gab seinen Karabiner 98 ab und erhielt dafür eine 08 und eine MP 38. An beiden Waffen war er ohnehin ausgebildet.
Den Zug führte jetzt ein zum frisch zum Feldwebel beförderter Kamerad aus der ersten Gruppe. Die einsatzfähige Gefechtsstärke der leichten Kompanie betrug 73 Mann, wobei hier die finnischen Unterstützungskräfte nicht mitgerechnet wurden. Von den siebzehn Ausfällen waren neun gefallen, der Rest lag im Lazarett.

Am dienstfreien Sonntag schlenderten Czegenyi, der Südtiroler Lombari, der Österreicher Graupner und der Schweizer, der Hans Rütli hieß, durch das beschauliche Rovaniemi. Die Brandenburger waren die neun Kilometer vom Waldlager hierher zu Fuß gegangen. Jetzt suchten sie eine Gastwirtschaft. Alle wollten unbedingt finnische Spezialitäten probieren. Ein paar angetrunkene Gebirgsjäger erklärten den Weg zu einem guten Speiselokal. Dort angekommen, bestellten die Elitesoldaten Bier und ließen sich von der hübschen Bedienung, die etwas deutsch sprach, die verschiedenen Gerichte erklären. Lombari und Rütli bestellten *Kalakukko*, ein in Brotteig eingebackenes Fisch- und Fleischgemisch. Was beide nicht wussten ist, dass dieses traditionelle Gericht mit sehr fettem Schweinefleisch zubereitet wird, mit dem so manch ungeübter Magen anschließend schwer zu kämpfen hat.
Czegenyi bestellte sich Lachs und Graupner probierte Rentierfleisch. Nachdem die vier *Brandenburger* ihre Mahlzeiten beendet hatten, ergriff der frisch gebackene Obergefreite das Wort. „Ich gebe eine Runde Wodka aus. Das ist mir der Obergefeite wert!"
„Klar, das sind ja rund 20 Reichsmark mehr im Monat."
Der Südtiroler hielt sich den Bauch. „Ich brauche einen Doppelten. Das Zeug war so fettig; ich glaube mein Magen rebelliert!"
Graupner lachte. „Ha, ha. Du bist nichts gewohnt!"
Die Kellnerin brachte den Wodka. Die drei Eingeladenen ließen den Spender hoch leben, dann kippten sie den Schnaps hinunter.
„Noch eine Runde!"

Das Prozedere wiederholte sich. Lombari fühlte sich etwas besser.
„Seht mal. Da ist was in Gange!" sagte er, als er einen schnellen Blick auf die Straße warf.
Die Köpfe der anderen drei flogen herum. Es war hektischer Betrieb zu erkennen. Feldgendarmerie fuhr herum und sammelte scheinbar alle flanierenden Soldaten ein. Die ausgelassene Stimmung bekam einen Dämpfer. Eine vollkommen verschlammte BMW mit Beiwagen hielt vor der Gaststätte an. Der Fahrer des Krades trug den Schutzmantel für Kradfahrer. Er schob seine Schutzbrille nach oben und fixierte sie am Stahlhelm. Der andere Feldgendarm stieg aus dem Beiwagen. Auch er trug Ledermantel und Motorradschutzbrille. Er war mit einer Maschinenpistole bewaffnet, die an seiner rechten Schulter hing.
„Ist ein Oberfeldwebel", kommentierte der Südtiroler, der direkten Blick auf die Straße hatte. „Vermutlich der Chef der Kettenhunde. Achtung, sieht so aus, als würde er reinkommen", warnte Lombari.
Automatisch zückten die *Brandenburger* ihre Soldbücher.
„Bin mal gespannt, was los ist", sagte Rütli und lehnte sich zurück. „Gerade wollte ich vorschlagen, noch einen Wodka zu bestellen. Das Zeug fängt an mir zu schmecken."
„Meinem Magen tut der Schnaps auch gut. Das Brotteigzeug esse ich nicht mehr so schnell", lamentierte der Südtiroler und rieb sich seinen Bauch.
Die Tür zum Lokal ging auf. Der Oberfeldwebel betrat die Gastwirtschaft. Aluminiumfarben glänzte der Feldgendarmerie-Ringkragen entgegen. Die gelblich-grüne Farbe des Schriftzuges leuchtete richtig, so blank war das Schild gewienert.
„Der Kerl sieht aus wie frisch geleckt. Mit dem möchte ich nicht zusammenstoßen."
Der Kettenhund sah sich um und zuerst zu einem Tisch Gebirgsjäger, die im hintersten Eck der Gastwirtschaft saßen und Karten spielten. Gemurmel. Anschließend ein Zuruf an die Bedienung: „Zahlen, bitte!"
„Noch eine Runde Wodka", rief Czegenyi laut und fing sich die Blicke seiner Kameraden ein. Lächelnd zuckte er mit den Achseln. „Wir haben dienstfrei und genug Geld. Warum sollen wir nicht mal einen heben?"

Noch während der Obergefreite sprach, kam der Oberfeldwebel an ihren Tisch. Unaufgefordert hielten ihm die vier *Brandenburger* ihre Soldbücher entgegen.

„Danke meine Herren, ist nicht nötig. Jeder Wehrmachtsangehörige hat sich sofort bei seiner Einheit zu melden. Der Russe greift an und ist bereits bei Kiestinki durch unsere Linien gesickert. Zahlen Sie und begeben Sie sich unverzüglich zurück zu ihrer Einheit!"

„Das machen wir!"

Der Feldgendarm erkannte, dass ihm gegenüber Angehörige der *Brandenburger* saßen. „Sie haben noch ein paar Kilometer zur Truppe zurückzulegen. Ich weiß, dass in einer halben Stunde ein Versorgungstransport zu eurem Waldlager losfährt. Das Nachschubdepot ist gar nicht weit von hier. Wenn ihr Glück habt, könnt ihr mitfahren."

„Zahlen!", rief Czegenyi.

„Meine Herren, schönen Tag noch", verabschiedete sich der Oberfeldwebel.

Die Bedienung brachte den Wodka und kassierte. Die Männer stießen ein letztes Mal an. Als die Gläser geleert waren, verließen sie das Lokal und suchten das Nachschubdepot.

„Er war eigentlich ganz sympathisch, der Feldgendarm", meinte Rütli.

„Stimmt. Ich hätte jetzt überhaupt keine Lust zu Fuß zurück zu laufen."

Ein paar Hausecken weiter sahen sie den besagten Lastwagen stehen. Der Fahrer stand neben dem Führerhaus und rauchte.

„Kamerad, fährst du zum Waldlager nördlich von hier?" fragte Rütli.

Der Obergefreite betrachtete die vier Landser. „Ja, ich fahr zu eurem Haufen", presste er kaum verständlich zwischen den Zähnen hervor. „Warum?"

„Wir würden gern mitkommen."

„Geht nicht. Ist verboten. Müsstet ihr eigentlich wissen. Ich fahre nachher einem Kübel hinterher und die Kameraden kenne ich nicht. Habe keinen Bock auf ein Disziplinarverfahren."

„Wo kommst du her?" fragte Czegenyi, dem der Dialekt vertraut war.

„Aus Jandlsbrunn, aber das kennst du eh nicht."

„Jandlsbrunn gleich hinter Waldkirchen?"
Die Augenbrauen des Lastwagenfahrers hoben sich. „Genau", antwortete er verblüfft.
„Ich bin aus Röhrnbach. In Waldkirchen hatte ich einen Kumpel und dessen Oma kommt aus Jandlsbrunn."
„Verdammt noch mal, das gibt's doch nicht. Ungefähr dreitausend Kilometer von zu Hause weg trifft man auf einen Nachbarn", stieß der Fahrer freudig aus. Die Mimik seines Gesichts änderte sich von abweisend auf sympathisch. „Wenn das so ist könnt ihr natürlich auf die Pritsche. Ich weiß von nichts."
„Danke Kamerad!"
„Wir Niederbayern müssen doch zusammenhalten!"
„Ist doch klar!"
Zufrieden saßen sie auf dem Opel Blitz und wurden über die holprige Verbindungsstraße bis zum Waldlager kutschiert. Dort angekommen stellten sie fest, dass Hektik herrschte.
„Da seid ihr ja. Gottseidank! Leutnant Brenner hat eine Besprechung anberaumt. Geht in zwanzig Minuten los. Ich hätte dich vertreten sollen", begrüßte sie der Allgäuer, der mit den anderen Süddeutschen im Lager geblieben war. „Man, du stinkst als ob du in ein Schnapsfass gefallen wärst."
„Das war Wodka. Den riecht man nicht", wollte sich der Pionier verteidigen.
„Den schon. War wohl billiger Fusel. Komm rein. Ich habe zufällig Kaffee zubereitet. Da knallst du dir eine Tasse rein, dann gehst du rüber ins Kantinengebäude. Dort findet die Besprechung statt."
Der Kaffee half. Das beschwingte Gefühl der leichten Angetrunkenheit wich. Fünf Minuten vor der Zeit betrat der Obergefreite das Gebäude. Die Stühle waren im Halbkreis aufgestellt. Dort, wo sonst die Essensausgabe erfolgte, hing eine Landkarte. Der Raum füllte sich und Leutnant Brenner stellte sich vor die Männer.
„Setzen Sie sich, meine Herren."
Jeder der Soldaten wusste, dass ein Einsatz bevor stand. Die Spatzen pfiffen es förmlich von den Dächern.
„Zwischenzeitlich dürfte es sich herumgesprochen haben, daß der Russe seine Offensive begonnen hat. Unseren Aufklärern nach, ist die Brücke, die wir zerstört haben immer noch unbrauchbar."
Czegenyi atmete auf. Er befürchtete schon den gleichen Weg noch einmal zurücklegen zu müssen.

„Hier bei Kiestinki", Brenner zeigte die Stelle an der Karte an, „ist die Rote Armee durch unsere Linien gesickert. An der Südküste, bei der Motowskij-Bucht und am Westufer der Liza sind die Sowjets an mehreren Stellen gelandet. Im karelischen Kampfraum gewinnen sie immer mehr Gelände. Im Nordraum ist zudem die 12. Marine-Brigade gelandet. Alles sieht so aus, als sollte die gesamte 6. Gebirgs-Division eingekesselt werden. Die Lage ist brisant. Die Abwehrkämpfe und die Gegenangriffe sind im vollen Gang. Wir haben die Aufgabe zugeteilt bekommen …"

„… die Murmanbahn zu sprengen!", warf ein Unteroffizier ein, merkte, dass sein Kommentar genau in Redepause des Kompanieführers fiel und jeder sie hörte. „Tschuldigung", schob er kleinlaut nach.

„Nein, der Unteroffizier liegt falsch. Wir müssen in das schwer zugängliche Gelände in Ostkarelien bei Kiestinki eindringen und den Feind dort aufhalten", verbesserte der neue Kompanieführer und klärte seine Männer auf.

„Wir allein gegen ein ganzes Bataillon?", fragte Leutnant Ostenrieder erstaunt nach.

„Finnische Einheiten kämpfen dort unten am Swir an der Seite unserer 163. Infanterie-Division, die unter dem Kommando von Generalleutnant Engelbrecht steht. Fakt ist, dass das Gebiet überdurchschnittlich mit Gewässern durchzogen ist. Es gibt nur zwei oder drei Straßen die eine logistische Versorgung der vorgedrungen Russen zulassen. An diesen müssen wir Störangriffe durchführen. Hinter die Linien können wir u.a. mit Booten gelangen."

„Tarnung?"

„Halbtarnung! Helme und Mäntel. Wenn wir in ein Gefecht verwickelt werden, kämpfen wir in unserer Uniform."

„Wann geht es los?"

„Vor kurzem ist ein Nachschubtransport angekommen. Wir rüsten auf und verlegen unverzüglich in den Bereitstellungsraum. Dort erhalten wir detaillierte Anweisungen!"

Schweigen.

„Gibt es noch Fragen?"

„Nein, Herr Leutnant. Das ist genau der richtige Einsatz für uns Brandenburger. Wir holen wieder mal die Eisen aus dem Feuer!"

„So ist es!"

„Auf geht's Männer. Wir packen!"

Wieder befand sich die *15. leichte Kompanie des Lehrregiments Brandenburg z.b.V. 800* in der Wildnis Skandinaviens. Hunderte von Bächen und Flussläufen zogen sich durch die grüne Landschaft der schier undurchdringlichen Wälder. Sümpfe, soweit das Auge reichte, schlossen an kleinere und größere Seen an.

In den Wäldern reihten sich versteckte Bunkeranlagen und Feldbefestigungen aneinander. Eigentlich sollten sie eine undurchdringliche Frontlinie bilden, doch den sowjetischen Einheiten war es gelungen den karelischen Urwald zwischen den Verteidigungsanlagen zu durchdringen. Von hinten griffen sie die Bunkeranlagen an und nahmen diese ein. Auf diese Art und Weise rissen sie eine Frontlücke von mehreren Kilometern auf. Diese Nahtstelle mussten die Brandenburger mittels Störaktionen im Hinterland und mittels eines unüberwindbaren Minengürtels schließen. Die verlorene Stellung musste wieder eingenommen und so lange gegen den Feind gehalten werden bis Entsatz kam.

Als sie an der HKL eintrafen, wurden sie vom Adjutant des Bataillonsführers empfangen und auch von diesem persönlich in die Lage eingewiesen. Leutnant Brenner erhielt drei identische, aktuelle Skizzen, sowie dazugehörige Landkarten zum Vergleich.

„Unser Zeichner hat sie vor einer Stunde fertig gestellt", erklärte der Hauptmann.

Anschließend wurden die Angriffsziele näher erläutert. Danach zeigte der Adjutant an welchen Stellen im finnisch verteidigten Abschnitt unbedingt Minengürtel ausgelegt werden mussten. „... und ab hier ist es wieder kein Problem, die Seen sind ein natürliches Hindernis und sowohl von unserer Feldartillerie, als auch von der Maschinengewehrkompanie bestens einzusehen und unter Feuer zu nehmen."

Brenner fragte nun detaillierter bezüglich den durchlässigen Frontabschnitten nach und suchte jetzt schon einen Weg um hinter die feindlichen Linien zu gelangen.

„Hierzu begeben Sie sich am besten zu Oberleutnant Dämmerschmidt. Er liegt mit seiner Kompanie am äußersten Abschnitt und ist zugleich der Verbindungsoffizier zu den finnischen Kameraden. Dort hat es die meisten Lücken gerissen. Die Russen sind überall und wenn wir deren Versorgung nicht abstellen, können sie in der endlosen Wildnis noch Hundert Jahre herumstreunen und wir erwischen sie nicht. Immer mehr Einheiten schlüpfen durch die Löcher, das gefällt uns gar nicht. Gegenangriffe laufen ins Leere und …", der Hauptmann zögerte ein wenig, „… ach was. Sie wissen schon. Dieses Land ist die Hölle für Soldaten!"

„Wir werden den Auftrag ausführen, Herr Hauptmann", versicherte Brenner.

„Ein Problem hätte ich noch, Herr Leutnant."

„Welches denn?"

„Gegenüber der Kompanie von Oberleutnant Dämmerschmidt befindet sich eine sowjetische Scharfschützeneinheit. Eine der russischen Vorpostenstellungen liegt so geschützt mitten im Sumpfgebiet, dass wir bis dato dreimal vergeblich versucht haben, sie einzunehmen. Dreizehn Männer haben wir dabei verloren. Die Scharfschützen sorgen für Angst und Schrecken. Können Sie sich vorstellen dieses Problem zu lösen?"

„Ich werde mir vor Ort ein Bild darüber machen!"

Der Hauptmann deutete auf die Karte, die der Brandenburger in den Händen hielt. „Sie gehen am besten bei Einbruch der Dunkelheit hier entlang. Dort finden Sie einen Laufgraben, der sie direkt zum Kompaniegefechtsstand führt. Ein Melder wird sie hinbringen. Oberleutnant Dämmerschmidt erwartet Sie. Sollte die russische Artillerie zum Schießen anfangen, brauchen Sie keine Angst zu haben. Sie verfügen nur über leichte und mittlere Geschütze. Die kommen nicht bis zu den Gräben ran."

Der Redefluss des Adjutanten war kaum zu stoppen, also ließ ihn Kompaniechef der *Brandenburger* sprechen und hörte zu.

Brenner verschaffte sich gemeinsam mit seinen drei Zugführern ein Lagebild, während die Kompanie verpflegt wurde. An einer schief geneigten Birke blieb der Melder stehen. „Ab hier sehen uns die Scharfschützen. Wir wissen nicht wie sie es machen und wo sie sitzen. Um sich keine Kugel einzufangen muss man im Graben auf allen Vieren kriechen", klärte er auf und ging zu Boden.

Neben dem Grabenzugang stand ein hölzernes Schild mit Warnhinweis. ‚Vorsicht! Scharfschützen!' war zu lesen. Darunter zeichnete jemand makaberer weise einen Totenschädel in dessen Stirn sich ein Einschussloch befand.

Die *Brandenburger* folgten dem Melder. Holzbohlen waren verlegt. Die Erde darunter war feucht. Es roch leicht modrig. Das Gelände vor ihnen war flach.

„Sumpfgebiet", sagte der Melder, der zu ahnen schien, was die Offiziere dachten.

Foto: Privatarchiv des Autor, PA-0003 – verdeckter Bunker im dichten Waldgebiet

Der gesuchte Kompaniegefechtsstand befand sich wieder in bewaldetem Gebiet. Der Bunker war in der Dunkelheit kaum zu erkennen. Im Bunker selbst war es hell und geräumig. Eine Petroleumlampe spendete Licht.

Die Einweisung in die Lage dauerte nicht lange. Fakt war, dass der Feind bereits im benachbarten Raum einige Bunkeranlagen geknackt hatte. Stoßtruppunternehmen liefen ins Leere. Die Infanteristen, sowie ihre finnischen Nachbarn waren mit der Situation überfordert. „... und dann noch diese verdammten Scharfschützen. Wissen Sie wie viele Männer ich bereits verloren habe?"

„Dreizehn!", antwortete Brenner trocken mit kompromissloser Stimme.

Dämmerschmidt machte eine achtlose Handbewegung. „Das sind nur die Soldaten, die bei den Versuchen fielen, die Vorpostenstellung einzunehmen. Wir haben in den letzten neun Tagen zusätzlich weitere elf Landser verloren. Die Moral der Kompanie ist am Boden. Zusätzlich steht seit der Schneeschmelze im Gelände vor uns alles unter Wasser."

„Zeigen Sie mir noch einmal die Stellung auf der Karte."

„Hier!"

Der Brandenburger warf einen genauen Blick auf das Papier, studierte den Frontverlauf und besah sich die geographisch eingezeichneten Begebenheiten.

„Wundert mich nicht, dass ihre Angriffe fehl schlugen."

„Wie meinen Sie das?"

„Die sowjetische Vorpostenstellung verfügt über gute Flankendeckung. Zudem liegt sie mitten im Sumpf! Entweder sitzen deren Scharfschützen auf einer trockene Stelle, oder die Russen haben sich eine schwimmende Insel gebaut, was ich kategorisch ausschließe."

„Was schlagen Sie vor?"

„Ich werde mich mit einer meiner Gruppen selbst um die Sache kümmern. Heute haben wir viel Licht, der Mond ist voll, der Himmel wolkenfrei."

„Wenn Ihnen das gelingt ... nun, ich bin sprachlos", der Oberleutnant war verblüfft. „Ihr *Brandenburger* seid tatsächlich solche Teufelskerle, wie man sagt. Meinen höchsten Respekt!"

„Jetzt machen Sie mal halblang. Noch haben wir die Stellung nicht ausgeschalten."

Zurück bei der Truppe suchte der Kompanieführer acht Freiwillige um gegen das sowjetische Scharfschützennest vorzugehen. Da sich fast alle meldeten, beschloss er die Gruppe des Obergefreiten Czegenyi einzusetzen. Er kannte die Männer gut, da er ihr Zugführer war und glaubte die richtige Wahl getroffen zu haben. „Wir müssen durch das Niemandsland schlüpfen, in den Wald gelangen und von dort in einem weiten Bogen die vorderste Linie umgehen. Wir knacken es von hinten und benutzen Halbtarnung. Für das Sumpfgebiet werden wir einen Schlauchbott benötigen. Ich denke nicht, dass wir eine andere Möglichkeit haben direkt zum Scharfschützennest vorstoßen. Wer spricht russisch?"

Foto: Privatarchiv des Autor, PA-0044-Soldaten im Wald

„Ich, Herr Leutnant, meldete sich der Nachrichtenmann Sergej."
„Ja richtig. Sergej, trauen sich diesen Einsatz zu? Wie gut ist Ihr russisch?"
„Ja vsegda radujus, kogda tebja vischu."
„Was bedeutet das?"
„Ich freue mich immer dich zu sehen."
„Für mich klang das perfekt. Sie sind dabei!"
Der Nachrichter grinste. „Spasiba – Danke."
„Sofort aufrüsten! Wir nehmen Pistolen, Maschinenpistolen, Handgranaten und Kampfmesser mit. An Uniform möchte ich russische Helme und Mäntel haben. Und denkt an den kleinen Floßsack mit Blasebalg." Ein Blick auf die Uhr. „Abmarsch in fünfzehn Minuten. Ach ja …", fiel ihm noch ein, „… Obergefreiter Czegenyi, packen Sie noch ein paar Minen und Sprengmittel ein! Sie wissen schon was man braucht."

Der Offizier verließ sich hierbei ganz und gar auf die Erfahrungswerte seines Pioniers.

Wieder ging es durch den Laufgraben. Zwei Mann trugen den Floßsack, der ein Gewicht von 50 kg hatte. Die Tragkraft des Schlauchbootes betrug 300 kg. Es war leicht, wendig und konnte mittels des Blasebalgs binnen fünf Minuten aufgeblasen werden.

Beim Kompaniegefechtsstand von Oberleutnant Dämmerschmidt zogen sich die *Brandenburger* um. Sie setzten russische Helme auf und schlüpften in erdbraune Mäntel.

„Unsere Männer sind informiert. Sie brauchen keine Angst vor eigenem Feuer zu haben."

Ein Spähtrupp geleitete sie nach vorn. „Hier ist das Niemandsland offen. Vereinzelt streifen Spähtrupps herum, sowohl von den Iwans, als auch von uns. Viel Glück, Kameraden", wurden sie verabschiedet.

Die Gruppe der Elitesoldaten verschwand im Wald. Die Träger des Floßsacks wechselten sich regelmäßig ab. Sergej ging neben Leutnant Brenner. Es herrschte absolutes Sprechverbot. Immer wieder mussten sie eine kurze Orientierungspause einlegen. Permanent rechneten die Landser mit Feindkontakt, trafen aber auf keine Rotarmisten. Immer wieder folgte ein Blick auf den Kompass. Richtungswechsel. Jetzt war der gefährliche Frontbereich umgangen. Nach einer weiteren halben Stunde wurde der Boden feuchter, regelrecht morastig. Immer öfter spiegelte sich der Mond auf den Wasserflächen frei liegender Sumpfflächen.

Die Kampfgruppe blieb im bewaldeten Bereich. Es war sicherer, auch wenn sie dadurch etwas mehr Zeit benötigten. Instinktiv wusste Brenner, dass es nicht mehr weit sein konnte. Sie waren länger als zwei Stunden unterwegs, als ein Geräusch zu hören war. Es war ein metallenes Scheppern. Nicht das Repetieren eines Gewehrschlosses, eher das aufeinanderschlagen von Essgeschirr.

Der vorderste Mann blieb sofort stehen und hob die Hand. Jeder verharrte auf der Stelle. Griffe zu den Waffen folgten. Czegenyis Gruppe war einsatzbereit. Die Träger setzten das Boot ab. Wortfetzen in russischer Sprache drangen zu ihnen herüber. Keine zehn Meter entfernt huschte eine Gestalt vorüber. Im hellen Mondlicht waren die Umrisse deutlich zu sehen. Die Brandenburger blieben stehen. Solche Szenarien hatten sie mehrfach auf dem Truppenübungsplatz durchgespielt.

„Ihr Geschick ist gefragt", flüsterte Brenner dem russisch sprechenden Nachrichtenmann ganz leise ins Ohr.
Dieser räusperte sich kurz und laut, dann stieß er einen unüberhörbaren Fluch in russischer Sprache aus.
„Wer ist da?", wurde in russischer Sprache gerufen. Augenblicklich standen vier oder fünf Rotarmisten auf. Alle befanden sich an der Stelle, an der der Schatten zu sehen war. Die Körper hoben sich sehr gut erkennbar im Mondlicht ab. Der Wald war hier nicht so dicht, wie noch ein paar Hundert Meter zuvor. Allesamt waren die Sowjets mit Moisin Gewehren bewaffnet. Die aufgesetzten Zielfernrohre sprachen für sich. Es waren Angehörige einer Scharfschützeneinheit.
Sergej antwortete auf russisch. „Wir haben uns in diesem blöden versumpften Wald verlaufen! Geht nur geradeaus, hat der Unteroffizier gesagt, dann könnt ihr den Vorposten mit den Scharfschützen gar nicht verfehlen! So ein Unsinn. Wir irren seit Stunden hier herum und suchen diesen verdammten Vorposten. Ich hatte schon Angst den Deutschen in die Hände zu laufen."
Lachen. Das perfekte Russisch von Sergej zerstreute jeden Verdacht.
„Kommt rüber, Genossen. Ihr seid richtig. Der Vorposten ist dort draußen. Wir wollten uns gerade noch eine *Papirossa* anzünden, bevor wir die Kameraden aus der Stellung herauslösen."
Die *Brandenburger* legten den Floßsack behutsam ab und gingen langsam zu den Russen. Unter den Mänteln zückten sie im Verborgenen ihre Kampfmesser.
„Wieso sollt ihr zu dem Schützennest? Wir haben alles im Griff!"
„Der Genosse Hauptmann möchte wissen, ob man hier einen Artilleriebeobachter postieren kann", antwortete Sergej.
Die Scharfschützen legten ihre Waffen wieder zur Seite. Der Sprecher der Gruppe steckte sich eine der russischen Zigaretten in den Mund. Ein Streichholz flammte auf und der schnell ausgestoßene Rauch des ersten Zigarettenzuges verteilte sich in der Luft.
„Was ist das?", fragte der Rotarmist laut, als sein Blick über die Waffen der ankommenden Soldaten streifte. „Vorsi …", war die letzte Silbe im Leben des völlig überraschten Scharfschützen. Er starb in dem Moment, in dem endgültig die deutschen Stiefel und die unter den Mänteln verborgenen Waffen erkannte. Der Dolchstoß von Leutnant Brenner traf ihn mitten ins Herz. Gleichzeitig sprangen Graupner,

Obergefreiter Czegenyi, der Südtiroler Lombari und der Schweizer Rütli auf die übrigen Rotarmisten. Der Angriff kam so schnell und überraschend, dass keine Gegenwehr erfolgte. Der Allgäuer und die anderen drei Süddeutschen sicherten ab. Alles blieb ruhig.

„Das war knapp! Sehr gute Arbeit Sergej", lobte der Kompanieführer. „Drei Mann sichern weiterhin in alle Richtungen ab. Czegenyi, Sie und ein Mann suchen den Rand des Sumpfgebiets ab. Irgendwie müssen die Russen zum Vorposten gelangen. Ich glaube nicht, dass sie durch den Sumpf waten."

Der niederbayerische Pionier bestätigte. Lombari ging mit ihm. Zum Rand des Waldes waren es etwas weniger als zwanzig Meter. Dort angekommen gingen sie erst nach rechts. Sie suchten nach einem Boot oder Floß, doch sie fanden nichts. Per Handzeichen schlugen sie dann die andere Richtung ein. Irgendwie fühlten sie beide unwohl in ihrer Haut. Sie kamen sich beobachtet vor und waren froh, russische Uniform übergeworfen zu haben.

Lomari sah ihn als erster. Er blieb stehen und zeigte in das kniehohe Sumpfgras. Dann erkannte auch der Obergefreite den Holzsteg. Beide knieten sich ab und lugten in das vor ihnen liegende wässrige Sumpfgelände. „Das sind locker tausend Meter bis zu der kleinen Erhebung dort vorn", hauchte Czegenyi kaum hörbar aus.

Der Südtiroler bestätigte. Sie wollten gerade wieder aufstehen, als sie Schritte hörten. Schweres Atmen war wahrzunehmen. Ein Ast knackte. Schnell ließen sich die beiden Brandenburger im hohen Gras nieder und zogen sich ein paar Meter in das sumpfig-morastige Wasser zurück. Hohe Gräser schützen sie. Das Gefühl der durchnässten Uniform war ekelhaft. Ein sowjetischer Spähtrupp marschierte an ihnen vorüber. Lombari wagte einen Blick über die Grashalme und zählte neun Männer. Als sie vorübermarschiert waren, verließen die beiden Landser ihre Deckung. Anfangs hatte Czegenyi Schwierigkeiten einen Stiefel aus dem Morast zu ziehen. Sein Fuß drohte aus dem Knobelbecher zu rutschen, dann gab die Erde die Sohle und den unteren Schaft doch noch frei. Die nasse Uniform klebte auf der Haut. „Sie gehen direkt auf unsere Kameraden zu. So ein Mist. Jetzt ein Feuergefecht und alles ist vorbei!"

„Wir sind so nah am Ziel."

Sie folgten den Russen vorsichtig. „Jetzt sind sie im Wald verschwunden. Ist das die Stelle wo die toten Scharfschützen liegen?"

„Das werden wir gleich hören. Der Leutnant ist mit den anderen ja noch dort!"

Bange Minuten. Das Warten war die Hölle und zerrte an den Nerven. Nichts. Nachdem weitere zehn Minuten verstrichen waren, gingen beide zurück zum Ausgangspunkt. Es war niemand mehr da.

„Hier sind wir!"

Czegenyi und Lombari zuckten zusammen. „Macht das nie wieder!", schimpfte der Südtiroler. „Ich wollte gerade meine MP abfeuern!"

„Schon gut! Wir mussten uns vor dem Spähtrupp verstecken. Die erledigten Scharfschützen haben wir gleich mit ins Unterholz geschleppt", erklärte Graupner.

„Haben Sie das russische Boot gefunden?"

„Sie haben einen Steg gebaut. Die Holzbohlen befinden sich knapp unter der Wasseroberfläche. Der Steg ist etwa einen Kilometer lang und führt direkt zu einer kleinen Anhöhe mitten im Sumpf. Ich schätze, die Stellung liegt auf diesem Hügel, der nicht mehr als zehn oder fünfzehn Quadratmeter groß sein dürfte und bestens geschützt ist."

„Wir gehen zu fünft. Nehmt die russischen Scharfschützengewehre. Czegenyi, Sie warten hier. Sobald wir die Stellung eingenommen haben, folgen Sie mit der restlichen Gruppe und dem Floßsack. Damit kommen wir wieder zu unseren Linien zurück. Zwischenzeitlich legen Sie hier ein paar S-Minen aus!"

Brenner ging mit vier seiner *Brandenburger* über den Steg. In den Händen trugen sie die erbeuteten Moisin-Gewehre. Sie waren als Ablösemannschaft erkennbar und somit erstklassig getarnt.

Einer der fünf Soldaten war wieder der Nachrichtenmann, der seine Sache bislang sehr gut machte. Je weiter sie ins Sumpfgebiet vordrangen, desto tiefer schien das Wasser zu werden. Kurz vor ihrem Ziel hatte es bereits den Charakter eines flachen Sees. Die Befürchtung des Offiziers, dass der Einsatz des Floßsacks für die Rückkehr nicht möglich sei, verflüchtigte sich. Das beruhigte ihn. Die Anhöhe, die man auch als eine Art Kleinstinsel bezeichnen konnte, war tatsächlich nicht größer aus fünfzehn Quadratmeter und erhob sich etwa einen Meter über dem Wasserspiegel. Brenner erkannte Sandsäcke, die mit Schilfgras verdeckt waren. Darüber lagen Holzbohlen. *Der perfekte Sichtschutz*, dachte sich der Kompanieführer. Einer der Scharfschützen kroch aus dieser Stellung heraus. Jetzt erkannten die *Brandenburger* noch weitere drei Paar Stiefel. Auch diese bewegten sich nach hinten. „Ihr kommt früh, was ist los?", fragte der Russe, der als erster aus der Stellung gekrochen war. Er stand nicht auf, sondern hockte am Boden.

Keine Antwort. Die *Brandenburger* hatten noch gut sieben Meter Abstand.

„Warum geht ihr nicht geduckt? Die Germanskis können euch vielleicht sehen!"

„Wir haben kein Feuer. Könnt ihr uns Streichhölzer hier lassen?", fragte Sergej und löste damit noch mehr Misstrauen aus. Für die Scharfschützen galt strengstes Rauchverbot!

Der Russe griff zur Waffe. Noch legte er nicht an, doch er musterte die Ablösemannschaft etwas genauer.

Sergej erkannte seinen Fehler. Fieberhaft überlegte er, was er noch sagen konnte. Noch fünf Meter. „Was zur Hölle ist dort bei den Deutschen los?", stieß der Nachrichter plötzlich aus. Der Trick wirkte. Sofort flogen die Köpfe der russischen Scharfschützen herum. Noch zwei Meter, die *Brandenburger* sprangen auf das Stück trockene Land. Der vorsichtige Russe schwang den Lauf seines Gewehrs herum. Im gleichen Moment hämmerte Sergej den Kolben seiner Waffe gegen den Kopf des Russen. Die Schädeldecke knackte. Der Finger des Scharfschützen krümmte sich ein letztes Mal. Schuss löste sich. Einer der Landser zuckte zusammen und fiel zu Boden.

„Germanski!", plärrte ein anderer Rotarmist, dann hörte man nur noch Gurgellaute. Die Kehle des Soldaten war durchschnitten worden. Der Kampf dauerte weniger als eine Minute. Der eine abgefeuerte Schuss war nicht weiter auffällig. Die Sowjets würden denken, einer der Scharfschützen hatte ein deutsches Opfer gefunden.

Stöhnen. Leutnant Brenner sah sich um. Einer der Süddeutschen lag auf dem Rücken und hielt sich den Bauch. „Er ... hat ... mich er ... wischt", winselte er unter Schmerzen. Platschendes Wasser. Czegenyi und der Rest der Gruppe kam angelaufen. „Die S-Minen sind ausgelegt, Herr Leutnant."

„Blast den Floßsack auf! Sergej, Verbindung zu den Infanteristen aufnehmen, wir kommen über den Sumpf zurück. Mit einem Boot! Sie sollen sofort einen Sanitäter bereitstellen. Sagen Sie, dass wir einen Verwundeten mit Bauchverletzung mitbringen. Und dann sagen Sie noch, dass sie ein paar *Geballte Ladungen* parat halten sollen, wir werden diese Insel hier unter Wasser setzen."

„Ich hoffe, die Dorette hat genügend Reichweite!"

Das Handfunkgerät reichte aus. Die Meldung wurde empfangen. „Fertig!"

Sie hievten den Verletzten ins Schlauchboot. Drei Mann stiegen zu. „Wir müssen drei- oder viermal fahren, wenn wir alle übersetzten wollen", sagte Lombari, der eines der Paddel in der Hand hielt.

„Nein", beruhigte ihn der Nachrichter. „Ich hatte gerade mit Leutnant Ostenrieder Kontakt. Sie holen uns mit einem großen Floßsack ab. Die Wassertiefe müsste ausreichen. Zudem schießt die Kompanie, die uns gegenüber liegt sofort Sperrfeuer, sobald es hinter uns brenzlig werden sollte!"

Das Schlauchboot legte ab. Bange Minuten der Spannung. Würde ein Scharfschütze vom Wald her Verdacht schöpfen und schießen? Vorsichtshalber lagen vier *Brandenburger* in Stellung und suchten mit den russischen Scharfschützengewehren im Anschlag den Waldrand ab.

Der Feind hatte nichts bemerkt. Die Männer mit dem Schlauchboot kamen unbehelligt durch. Auch der große Floßsack schaffte den Weg über das unter Hochwasser stehende Sumpfgebiet ohne vom Feind bemerkt zu werden.

„Hier sind die *Geballten Ladungen*."

Die Sprengkörper wurden ausgelegt. Die Insel sollte unbenutzbar gemacht werden.

„… so, jetzt nur noch die Zündschnur anbringen, dann bin ich soweit fertig." Czegenyi blickte über seine Schulter. Die Männer im Boot warteten nur auf ihn. „Wenn ich die Lunte anzünde, haben wir ungefähr acht Minuten. Ich hätte nichts dagegen, wenn ihr ordentlich rudert. Das hier gibt ´nen mächtigen Rums."

„Mach schon", drängten seine Kameraden.

Ein Sturmfeuerzeug brannte kurz auf. Die Lunte zischte, der Pionier sprang ist Boot. Die Paddel wurden gleichmäßig bewegt. Geübte Ruderer.

Wumm

Eine Detonation am Rand des Sumpfes ließ die Köpfe herumfahren. „Das war ´ne S-Mine! Sie sind am Steg", kommentierte Czegenyi. „Jetzt legt euch mal in die Riemen!"

Sechs Mann ruderten so schnell sie konnten. Das vollbesetzte Schlauchboot glitt über die Wasseroberfläche. Immer wieder schleifte der Holzboden des Floßsacks über Gras. Bei nur wenigen Zentimetern mehr Tiefgang, wären sie unweigerlich aufgesessen.

Wumm

Das Tosen einer gewaltigen Explosion donnerte über die Sumpflandschaft. Gleichzeitig setzte das Sperrfeuer der deutschen Kanoniere ein.

Das Boot auf Grund.

Ratsch

„Raus! Wir müssen den Rest zu Fuß gehen. Haltet euch am Schlauchboot fest."

Die Hälfte der Männer sprang ins Wasser. Das Schlauchboot schwamm wieder. „Wir rudern weiter. Haltet euch gut fest", wiederholte einer der Ruderer.

Endlich erreichten sie das Ufer. Erleichtert wurde das Boot an Land gezogen.

„Männer, wir haben es geschafft", freute sich Brenner.

Das russische Scharfschützennest war beseitigt, die Anhöhe im Sumpf nach der Sprengung unbrauchbar unter Wasser gesetzt.

„Das war eine Meisterleistung, Herr Leutnant", gratulierte der Kompanieführer der Infanteristen. „Ihr Mann", der Oberleutnant meinte damit den Verwundeten, „wurde sofort ins Feldlazarett gebracht. Er muss unverzüglich operiert werden!"

Bevor sie später wieder durch den Laufgraben zurückgingen, klopften ihnen so manche Landser auf die Schulter und bedankten sich bei den *Brandenburgern*.

Der Tag brach an. Diesmal fiel keiner der deutschen Soldaten in diesem Frontabschnitt einem sowjetischen Scharfschützen zum Opfer. Die Soldaten des *Lehrregiment Brandenburg z.b.V. 800* hatten sich für ihre Kameraden eingesetzt.

Die Besprechung fand im ehemaligen Schulgebäude des Dorfes statt. Das Klassenzimmer war leer. Die Schulbänke irgendwo untergestellt. Zwei Schreibtische, jede Menge Kisten mit Aktenordnern und ein paar Stühle standen stattdessen im Raum. Es dämmerte bereits. Eine nackte Glühbirne spendete ausreichend Licht. Die Offiziere beugten sich über den Tisch. Der Vorschlag des Kompanieführers der *15. leichten Kompanie der Brandenburger* fand großen Anklang.

„Und Sie glauben, es könnte funktionieren?", hakte der Ordonnanzoffizier des Bataillons nach, der als Vertreter des Adjutanten extra für diese Besprechung zum Kompaniegefechtsstand gefahren war.

Leutnant Brenner räusperte sich. „Hmhm", dann versuchte er seine Strategie mit anderen Worten noch einmal zu erklären. „Soweit uns jetzt bekannt ist, sind die Sowjets an diesen vier Stellen durch die Linien gebrochen. Sollte es uns nicht binnen kürzester Zeit gelingen, sie aufzuhalten und zu vernichten, droht die gesamte Front zusammenzubrechen."

Zur Untermalung seiner Angaben deutete der Brandenburger mit dem Zeigefinger zur Karte. Alle Augen folgten den Bewegungen, die er durchführte. „Das Gelände ist wild und teilweise undurchdringbar. Der Gegner hat die gleichen Voraussetzungen wie wir. Aus diesem Grund kann er nur an ein paar bekannten Stellen voran kommen. Das wären hier, hier und hier!"

Diesmal lag der Zeigefinger sekundenlang an den jeweiligen Kartenabschnitten. „Meine Männer sind dazu in der Lage größere Teilabschnitte, auch im unwegsamen Gelände, entsprechend zu verminen. Wenn die Rotarmisten in diese Minengürtel geraten, haben sie keine andere Wahl, als sich zurück zu ziehen. Wir verminen das Gelände dermaßen, dass jeder Minensucher verzweifelt. Das verspreche ich Ihnen."

„Und an den anderen Stellen", ergänzte der Ordonnanzoffizier, „rennt der Feind gegen die von uns neu errichteten Riegelstellungen!"

Allgemeine Zustimmung. Nicken. Kurze positive Kommentare.

„Dann hätten wir nur noch ein Problem", schob der Kompaniechef der Infanteristen vor. „Wenn es uns nicht gelingt, die alte Stellung hier", auch er legte seinen Zeigefinger auf die Landkarte, „zurück zu erobern, sitzt uns der Russe permanent im Genick.

„Ich werde die Stellung mit meiner Kompanie einnehmen!"

„Leutnant Brenner, Ihren Mut in allen Ehren, aber ...", wollte jemand einwerfen, doch der *Brandenburger* fiel ihm ins Wort.

„Entschuldigung, aber auch hierüber habe ich mit meinen Zugführern schon gesprochen. Darf ich das kurz erläutern?"

„Ich bitte darum", antwortete der ranghöchste Offizier im Raum.

„Während wir die Minengürtel legen, müssen uns Ihre Männer die Russen vom Leib halten und eine Art Schutzgürtel um uns ziehen. Sobald wir fertig sind, ziehen sich Ihre Kräfte auf die Riegelstellung zurück. Wir selbst werden dann aus den Minenfeldern heraus dem Feind immer wieder durch kurze Störaktionen Verluste zufügen und uns anschließend durch die kompliziert angelegten Minengassen zurückziehen. Es ist eine ähnliche Taktik, wie sie schon Hermann der Cheruskerfürst gegen die römischen Legionen des Varus anwandte. Wir zermürben den Gegner. Mit unserer Halbtarnung schaffen wir es sehr nahe an ihn heranzukommen. Das ist unser Vorteil gegenüber Ihren Einheiten. Später schlagen wir uns bis zu dieser Stellung durch", der Finger von Leutnant Brenner lag jetzt auf der Stelle, wo zuvor noch der Finger des Kompaniechefs der Infanteristen lag, „werfen den Feind hinaus und halten sie, bis Entsatz kommt!"

„Ich ziehe meinen Hut, Herr Leutnant."

„Wir benötigen dazu noch jede Menge Dinge, die ich auflistete. Wir müssen Versorgungsdepots einrichten, damit wir nicht immer den ganzen Weg bis zur Riegelstellung zurücklegen müssen. Ebenso wird unser Kompaniearzt eine spezielle Liste vorlegen."

„Sie bekommen alles, was Sie benötigen", versprach der Ordonnanzoffizier.

Bereits zwei Tage später begann die Kompanie der Brandenburger mit ihrer Arbeit. Die Minengürtel wurden so effektiv verlegt, dass die Offensive der Roten Armee an diesem Frontabschnitt tatsächlich zum Stocken kam. Auch schafften es die Männer von Leutnant Brenner immer wieder den Feind durch kleinere Störaktionen empfindlich zu treffen. Sie kamen leise und waren scheinbar unsichtbar. Wo sie zuschlugen, blieben Tod und Zerstörung zurück. Mal traf es eine sowjetische Nachrichteneinheit, dann ein Nachschublager. Ausgesendete Scharfschützen oder sogar ganze Spähtrupps kehrten nicht mehr zurück. Ein Angriff im Morgengrauen auf eine ganze russische Kompanie war verheerend. Im Feuer der Brandenburger fiel ein Drittel der Sowjetsoldaten. Als sich die deutschen Elitekämpfer zurückzogen, folgte ihnen eine starke sowjetische Kampfgruppe. Sie geriet in ein Minenfeld und musste stark dezimiert aufgeben. Zudem blieben zwar hin und wieder gefallene deutsche Soldaten liegen, doch nie konnten Verwundete, geschweige denn unversehrte Angreifer gefangen genommen werden. Die russische Führung verzweifelte. Für die Gefangennahme eines der Angreifer wurden Sonderurlaub und Wodka ausgelobt. Die Kämpfe wurden immer härter geführt. Doppelt und dreifach aufgestellte Wachen erschwerten schließlich die Taktik der *Brandenburger*, dennoch hatten sie wiederum ihr Ziel erreicht und den Vormarsch der Rotarmisten gestoppt. Hier hatten sie genügend Unruhe gestiftet. Der Feind war zermürbt.

Die Verlegung in ein anderes Kampfgebiet erfolgte.

„Männer, ich bin stolz auf euch! Jetzt holen wir die alte Stellung zurück und übernehmen die Kontrolle über die Nachschubroute!", sagte Leutnant Brenner zu seinen Leuten.

Sie waren jetzt seit drei Wochen ununterbrochen im Wald. Während sich der eine oder andere einen Bart stehen ließ, rasierte sich Ulrich Czegenyi jeden dritten Tag. Jedenfalls, wenn es möglich war.

„Ihr seht zwar wie wilde Germanen aus …", hatte er lachend zu Guiseppe Lombari gesagt, „… aber ich", lachte er weiter, „… würde aussehen, ha ha, wie der wilde Zwerg aus Schneewittchen!"

Jetzt lachte der ganze Haufen. Außer Czegenyi und Lombari, waren noch Max Graupner, der Süddeutsche aus dem Allgäu und der Schweizer Rütli in der Gruppe. Der Rest war entweder gefallen oder lag verwundet im Feldlazarett.

Ein Österreicher aus der anderen Gruppe kam angelaufen. „Die Gruppenführer sollen zum Chef", warf er dem Obergefreiten entgegen, der sich gerade die zweite Wangenhälfte rasierte, und lief weiter. Czegenyi murrte auf, was wohl so etwas wie: „Jawohl, ich habe verstanden!", heißen sollte. Er hatte einen kleinen Spiegel an einem Birkenstamm aufgehängt, hielt seinen Kopf leicht schräg zur Seite geneigt und zog mit dem Rasiermesser den letzten Schaumstreifen ab. Schnell waren Gesicht und Rasiermesser an einem Handtuch gesäubert und alles in einen Waschbeutel geschoben. Als letztes hängte der Soldat den Spiegel ab und verstaute auch diesen vorsichtig im Waschbeutel. „Legst du das bitte zu meinen Sachen", sagte er und warf dem Südtiroler den Waschbeutel zu.

Dieser fing ihn auf. „Mach ich."

Czegenyi rollte die Ärmel der Feldbluse herunter, knöpfte sie zu und schlug den Weg zum Zelt des Kompanieführers ein. Dieser wartete mit seiner Ansprache bis alle versammelt waren.

„Wir müssen bis zu unserem nächsten Einsatzort eine gewisse Strecke zurücklegen. Das Lager hier wird aufgegeben. Wir nehmen alles mit. Ich wollte Sie davon in Kenntnis setzen, dass wir auch das Feldlazarett sozusagen auflösen müssen. Unser Arzt und ein paar Sanitäter bleiben bei uns. Die Verwundeten sind alle dazu in der Lage transportiert zu werden. Die Leichtverwundeten werden als Schutz mitgehen und nicht nachkommen. Wir packen zusammen."

Das Lager wurde aufgelöst. Einige Männer, auch Czegenyi, schrieben noch hastig ein paar Zeilen für ihre Familien in der Heimat, gingen zu den Verwundeten und steckten ihnen die Briefe mit der Bitte zu, diese doch an das Feldpostamt weiterzugeben. Man wünschte sich gegenseitig viel Glück und vereinbarte eine gehörige Wiedersehensfeier, dann trennten sich die Wege der Kameraden.

Immer wieder surrten die Stechmücken zu Hauf um die nackten Hautstellen der Soldaten. Manche der Biester erhielten ihr blutiges Festmahl, manche wurden durch wilde Handbewegungen vertrieben und manche wurden mit einem leisen Klatschen erschlagen. Es war schwül und die Uniform klebte auf der Haut. Die *Brandenburger* wünschten sich in diesem Moment den Winter und die Kälte zurück.

Vier Landser gingen als Späher weit voraus. Einer von ihnen hielt Verbindung mit dem Tross. Um nicht vom Feind gesehen zu werden, blieben sie durchwegs im Wald. Kamen sie an eines der wenigen waldfreien Gebiete, wurde dieses immer nur Gruppenweise überquert. Als sie endlich im neuen Einsatzraum ankamen, war ihnen der Schachzug gelungen, unentdeckt zu bleiben.

Nachts wurde ein Spähtrupp ausgesandt. Fünf Männer pirschten mit geschwärzten Gesichtern durch das karelische Unterholz. Sie näherten sich ihrem Ziel. Der ehemaligen deutschen Stellung, die jetzt von den russischen Streitkräften besetzt war. Es handelte sich um eine Bunkeranlage, die sowohl Wald, als auch eine der wenigen gut befestigten Straßen kontrollierte, die für die Truppenspitzen von äußerster Wichtigkeit war. Es war die Lebensader für die vordersten Linien. Die Nachschubroute, von der der Erfolg einer Offensive abhängen konnte.

Vom Beobachtungsturm aus konnte man auch auf den unmittelbar daneben liegenden See blicken. Ein schweres Maschinengewehr thronte auf dem überdachten Turm aus Birkenholz. Näher an der Straße befand sich eine Feldbatterie mit leichten Geschützen.

„Wir haben Glück, dass die Stellung von unserer Seite her offen ist. Von der anderen Seite und von den Flanken hätten wir enorme Probleme", flüsterte der vorderste Mann nach hinten durch.

„Ich sehe drei, nein warte", er schwenkte den Feldstecher herum. „Insgesamt stehen sieben Lastwagen und zwei geländegängige Militär-Pkw herum. Der Turm ist mit drei Mann besetzt."

„Wie viele Feldkanonen?"

„Vier! Den Umrissen nach sind es unsere leichten Infanteriegeschütze", sagte er. „Die 7,5 cm Kanonen", kam als Ergänzung.

„Wachen?", fragte der Unteroffizier, der den Spähtrupp anführte.

„Ich sehe bei den Kanonen vier Iwans herumstehen. Sie qualmen. Warte mal, da tut sich was."

Schweigen.

Nach einer Weile sprach der Beobachter weiter. „Scheinbar hat sie ein Unteroffizier oder Offizier zusammengestaucht. Die Zigaretten sind aus. Zwei Mann latschen Patrouille, während die beiden anderen bei den Kanonen geblieben sind."

Der deutsche Spähtrupp beobachtete die Stellung noch eine ganze Stunde, bevor er sich wieder zurückzog. Bei der restlichen Kompanie angekommen, wurde die Angriffstaktik ausgearbeitet. Die gesamte Kompanie sollte im Morgengrauen angreifen.

„Wenn wir den Beobachtungsturm ausschalten könnten, würden wir an die Wachen bei den Kanonen rankommen", erklärte der Unteroffizier. „Allerdings müsste die Patrouille dann auch gerade bei den Geschützen sein."

„Wir greifen mit allen drei Zügen gleichzeitig an. Die besten Schützen müssen die Wachen auf dem Turm ausschalten, dann muss der Beobachtungsturm besetzt werden. Das sMG dort oben ist sehr wertvoll!"

„Die Stellung ist zu unserer Seite hin mit Stacheldraht gesichert. Ich hoffe mal, dass die andere Seite nicht vermint ist."

„Wir müssen auch darauf achten, dass kein Nachschub anrollt", fügte Leutnant Ostenrieder hinzu.

„Moment. Das ist doch die Idee. Ein Zug von uns nähert sich in Halbtarnung ganz offiziell von der Straße her."

„Zu gefährlich. Wenn die Russen Alarm schlagen, bevor wir die ersten Ziele erledigt haben, schaffen wir es nicht mehr. Das Überraschungsmoment ist unser größter Trumpf", entschied Leutnant Brenner.

„Der erste Zug übernimmt die Batterie, der dritte Zug den Turm und Sie, Leutnant Ostenrieder, führen den starken zweiten Zug über die Flanke hinein bis zu den Bunkern und nehmen diese!"

Die Vorbereitungen liefen an. Skizzen von der Stellung wurden gefertigt. Jede Gruppe erhielt eine spezielle Aufgabe. Alle markanten Punkte konnten von jedem Landser aufgezählt werden. Verschiedene

Vorgehensweisen wurden abgesprochen und zum Teil geübt. Bei der letzten Mahlzeit war die Stimmung gedämpft.

Bevor die Kompanie zum Einsatz aufbrach, sandte man Späher voraus. Man musste unbedingt einen Zusammenstoß mit etwaigen sowjetischen Spähtrupps vermeiden. Die *Brandenburger* kamen gut und zügig voran. Der Anmarsch verlief planmäßig. Das Einsatzgebiet wurde zeitgerecht erreicht.

„Hinter dem Waldstück, in dem wir uns befinden, liegt eine gerodete Fläche von ungefähr fünfhundert Metern Breite. Dahinter haben die Russen ein paar Stacheldrahtrollen ausgelegt, die wir überwinden müssen."

Brenner ging mit dem Unteroffizier des gestrigen Spähtrupps bis zum Waldrand und beobachtete die Stellung intensiv. „Es ist haargenau so, wie Sie es beschrieben haben."

Sie zogen sich wieder zurück. „Wir müssen den Beobachtungsturm mit dem sMG ausschalten. Wenn wir ihn unter Kontrolle haben, können wir das Unternehmen in einem Handstreich für uns entscheiden."

Die Kompanie ging in Gefechtsstellung. Der 3. Zug musste zuerst los. Die erste Gruppe war mit Zangen ausgerüstet und sollte eine Gasse in den Drahtverhau schneiden. Dahinter robbte die dritte Gruppe, die vom Obergefreiten Ulrich Czegenyi geführt wurde. Deren Aufgabe bestand darin, die Gasse zu überwinden und zum Beobachtungsturm vordringen. Die zweite Gruppe, in der sich zwei der besten Gewehrschützen befanden, gab Deckung. Sie hatten sich jeweils eines der russischen Moisin Scharfschützengewehre geschnappt und visierten die Posten auf dem Wachturm an. Noch schützte die Dunkelheit vor Entdeckung. Der Mond war lediglich als schmale Sichel erkennbar und die herrschenden Lichtverhältnisse für einen verdeckten Angriff ideal.

Meter um Meter glitten sie über den Boden immer näher an ihr Ziel heran. Die Schützen blieben indessen im Anschlag. Durch die Optik an den Gewehren hatten sie ihre Ziele todsicher erfasst. Sie erkannten, dass die Russen scherzten. Einer duckte sich im Schutz der Brüstung in regelmäßigen Abständen immer wieder ab. Rauchschwaden verließen seinen Mund, nachdem er anschließend auftauchte. Er rauchte verdeckt, damit niemand die Glut der Zigarette sehen konnte.

Der Drahtverhau war erreicht. Geschickt durchtrennten die ersten vier *Brandenburger* den Stacheldraht. Sie trugen Handschuhe um sich nicht an den scharfkantigen Metallzacken zu schneiden. Der Wind stand günstig. Das leise Knacken, das beim Durchzwicken der Drähte unvermeidbar war, drang nicht bis zu den Wachposten vor.

Leutnant Brenner wurde sichtlich nervös, als er durch den Feldstecher die Patrouille sah. Zwei Mann, die Gewehre geschultert, schlenderten an der Batterie der Geschütze vorbei. Aus dem Dunkel kam jemand auf sie zu. Feuer. Zigarettenglut. Das waren die wichtigen fünf oder zehn Minuten, die die *Brandenburger* noch benötigen würden. *Sehr gut*, dachte der Offizier.

Wieder standen Schweißperlen auf der der Stirn des niederbayerischen Pioniers Ulrich Czegenyi, als er durch die offene Gasse des Drahtverhaus schlüpfte. Jederzeit konnten sie entdeckt werden und würden eine leichte Beute für den MG-Schützen sein. Unbarmherzig würde Feuerstoß um Feuerstoß einen nach dem anderen den Heldentod bescheren. Gedankenwechsel. Kopfschütteln, als ob die drohende Gefahr dadurch hinausgeworfen werden konnte. Die Handflächen wurden feucht. Schnell glitten die Hände über die Uniform. Trocken. Die Augen waren jetzt nur noch auf den schwer bewaffneten Beobachtungsturm gerichtet. Noch zehn Meter. Die Spannung war nicht zu überbieten. Der Puls raste. Nur das flaue Gefühl im Bauch fehlte, das der Obergefreite beim Absprung aus der Ju 52 verspürt hatte. Lautlos erreichte der Pionier als erster den Turm. Erst jetzt zog seine rechte Hand die 08 aus der Pistolentasche. Als Graupner neben ihm lag, deutete Czegenyi an, dass er selbst als erster die Leiter hochgehen würde, der Tiroler sollte folgen. Ein erhobener Daumen als Einverständnis. Sprosse um Sprosse wurde genommen. Alles im Zeitlupentempo, um jedes Geräusch zu vermeiden. Jetzt würde den Brandenburgern ihre Halbtarnung auch nichts mehr nützen. Der Gegner würde in jedem Fall sofort das Feuer eröffnen.

Die Mitte war erreicht. Czegenyi hörte etwas. Es klang wie ein überraschter Laut. Ein warnender Schrei wurde ausgestossen: „Germanskiiii!"

Dem Schrei folgten zwei Schüsse. Körper plumpsten zu Boden. So schnell er konnte, nahm der Gruppenführer die letzten Sprossen, hob die 08 über die Brüstung und feuerte blindlings drei Schüsse ab.

Ein Maschinengewehr ratterte los, dann noch eins. Stille. Das waren die eigenen MGs. Ein schneller Blick über die Brüstung. Ein Rotarmist versuchte krampfhaft einen von den deutschen Scharfschützen erschossenen Kameraden vom sMG zu schieben. Der tote Rotarmist war über der Waffe zum Liegen gekommen. Sofort feuerte Czegenyi zwei Schüsse ab. Der Gegner brach zusammen. Sie hatten es geschafft. Graupner betrat sofort nach dem Obergefreiten die Plattform. Rütli folgte.

„Die anderen sind unten geblieben!", informierte er mit einem kurzen Satz seinen Gruppenführer. „Werft die Toten vom Turm, dann ran an die Waffe!"

Sie verschafften sich Platz. Bei dem Gewehr handelte es sich um sowjetisches schweres Maschinengewehr Modell Degtjarjow DS 1939 auf Dreibein. Die Sonderausbildung der Brandenburger an fast allen gängigen Waffen machte sich vorteilig bemerkbar. Mit ein paar Handgriffen war die Waffe feuerbereit. Sie war auf Erdkampf eingestellt. Der Munitionsgurt war schussbereit eingeführt und fasste 250 Schuss Kaliber 7,62 mm.

Ein schneller Blick nach unten. An drei Stellen drangen ihre Kameraden durch den Drahtverhau. Als ob jemand auf einen Lichtschalter gedrückt hätte, graute der Morgen. Die aufgehende Sonne spendete von Minute zu Minute mehr Licht.

Eine Gruppe Rotarmisten stürmte aus einem Bunker. Ihre Uniformjacken waren offen. Manche trugen Helme, andere kamen ohne Kopfbedeckung heraus. Czegenyi schwenkte den Lauf des sMG herum und feuerte ein paar Garben in den Pulk. Sofort fielen einige Männer getroffen zu Boden.

„Rechts", plärrte Graupner, der die Position des Schützen II übernommen hatte.

Der Obergefreite schwenkte die Waffe herum und drückte ab. Diesmal war der Gegner zwischen zwei Bunkeranlagen durchgelaufen und wollte die Geschützbatterie absichern. Sie feuerten auf den 1. Zug. Czegenyi hatte die Russen im Visier. Gnadenlos jagte er Salve um Salve aus dem Rohr. Eine Explosion an der linken Flanke war zu hören. Qualm drang aus einem Bunker. Dahinter fuhr einer der geländegängigen Militärfahrzeuge, ein GAZ-61, mit schneller Geschwindigkeit davon. Eine Bewegung des sMG, ein Feuerstoß, noch einer und die die Fahrt war beendet. Der Fahrer war getroffen, der Pkw stand durchsiebt auf der Straße. Qualm stieg aus dem Motorblock noch oben.

„Nachladen!"

Rütli klopfte dem Schützen I während des Gurtwechsels auf die Schulter. „Pass auf dort beim Bunker ...", mitten im Satz taumelte der Schweizer nach hinten und fiel vom Beobachtungsturm.

„Nein!", entfuhr es Graupner. Zeitgleich bohrte sich ein Projektil in das Holz nächst des Schützen II. „Fertig!"
Czegenyi riss die Waffe herum. Er spürte einen heißen Luftzug an der Wange als er abdrückte. Ohne den sowjetischen Schützen zu sehen, hämmerte der Obergefreite einen halben Gurt hinaus. Dann erkannte er das Mündungsfeuer, spürte gleichzeitig einen stechenden Schmerz im linken Oberarm, blieb aber im neu erfassten Ziel. Wieder krümmte er den Zeigefinger und jagte ein paar Feuerstöße hinaus.

Ein paar Handgranaten detonierten. Aus einem Bunker wurde ein weißes Tuch geschwenkt. Die Schüsse verebbten. Befehle wurden gebrüllt. Minuten später hallte das „Hurra!" der Sieger durch die Stellung.

„Sammelt die Gefangenen an einem Ort! Der Nachrichtenmann soll zusehen, dass er so schnell wie möglich in den Funkraum kommt. Dort soll er nach Möglichkeit den Feindfunk abhören. Kümmert euch um die Verwundeten!", kamen die ersten Kommandos.

„Sani", rief Graupner laut. Der Tiroler half Czegenyi den Turm hinunter. Lombari und der Allgäuer übernahmen das sMG.

„Saniii!"

„Ich bin schon da", keuchte der bullige Sanitäter. Er wuchtete die Sanitätstasche auf den Boden, sagte: „Frei machen!", und besah sich die blutende Wunde. „Bist ´n Glückskind! Ist ein glatter Durchschuss", grinste der Sanitäter.

„Ich fühle mich momentan gar nicht so glücklich. Mir ist eher etwas schwindlig", stöhnte der Obergefreite.

Unbeirrt versorgte der bullige Landser die Verletzung. „Ich habe zur Desinfektion eine Formaldehydsalbe draufgeschmiert und einen Druckverband angelegt. Später soll sich der Arzt die Wunde noch einmal ansehen. Auf den Kratzer an der Wange gebe ich nur etwas Jodtinktur.

„Au!"

„Stell dich nicht so an", meinte der Sani kurz angebunden und schraubte das Jodfläschchen wieder zu. „Hier hast du noch was gegen die Schmerzen und das hier nimmst du für deinen Kreislauf."

Kaum ausgesprochen, war er schon wieder weg.

„Die Stellung ist gesichert!", meldete ein Unteroffizier.

„Eine sowjetische Nachschubeinheit ist unterwegs. Sie haben scheinbar einen Funkspruch von hier abgefangen und fragen ständig nach was passiert ist", berichtete einer der Nachrichtenmänner.

„Richtet die Geschütze aus!", befahl Brenner.
Wieder machte sich die Spezialausbildung der Männer bemerkbar. Sofort hatte der 1. Zug die Batterie der Infanteriegeschütze übernommen und diese eingerichtet. Zwei Mann waren aufgebrochen und haben die Position von vorgeschobenen Beobachtern eingenommen.
„Sieben Männer sind gefallen, acht verwundet, Herr Leutnant", kam der nächste Bericht.
Wieder stürmte einer der Nachrichter aufgeregt aus dem Funkraum. „Sie wissen noch nicht, dass wir die Stellung eingenommen haben. Die Nachschubeinheit wird in Kürze hier eintreffen!"
„Gefechtsfertig machen! Sagen Sie den Gefangenen, dass bei jedem Widerstand und bei jedem Fluchtversuch sofort geschossen wird!"
Die Geschütze waren auf Flachfeuer, geringe Entfernung eingestellt, da das angegriffene Ziel in Bewegung sein würde. Zum Einschießen war ohnehin keine Zeit. Neben dem sMG auf dem Turm, waren sämtliche Maschinengewehre besetzt.
Die vorgeschobenen Beobachter melden Sichtkontakt zum Feind. Ein gefahrloses Verbleiben in ihrer Stellung war trotz bevorstehender Kampfhandlung möglich.
Sie kamen in Kolonne. Offensichtlich ging der Führer der Einheit davon aus, dass die Stellung gehalten werden konnte.
„Feuer!"
Wumm
Alle vier Geschütze donnerten gleichzeitig los. Granate um Granate wurde aus den Rohren gefeuert. Mündungsfeuer waberte an den Öffnungen. Getroffene Fahrzeuge blieben liegen. Zwei Lastwagen brannten. Soldaten stürmten links und rechts der Straße in Deckung. Das sMG auf dem Turm begann zu schießen. Ein zögerlicher Angriff der Rotarmisten endete in einem Blutbad. Immer wieder hieben die deutschen Maschinengewehre und die Infanteriegeschütze in die Reihen der Angreifer. Erst der Rückzugsbefehl erlöste die brauniformierten Soldaten. Vernichtend geschlagen und mit mehr als 50 % Ausfall musste die Nachschubeinheit den Weg zurück antreten.
Wieder erschallte ein kräftiges: „Hurra!"
An diesem Tag blieb es ruhig. Die Stellung war gesichert, die Straße wurde von den *Brandenburgern* kontrolliert.

Als Leutnant Brenner seinen Bericht verfasste, stellte er neben der allgemein lobenswerten Leistung der Kompanie, den besonders erwähnenswerten Einsatz des Obergefreiten Czegenyi heraus und schlug den Niederbayern für das Eiserne Kreuz zweiter Klasse vor. Mit seinem mutigen Vorgehen und dem gezielten Einsatz des erbeuteten sowjetischen sMG erhöhte er die Kampfkraft der Truppe und sorgte somit für eine schnellere Entscheidung bei der Einnahme der Stellung. Trotz Verwundung gab er seinen Posten nicht auf, sondern hielt den Feind so lange unter Beschuss, bis dieser sich endgültig ergab. Zufrieden mit den geschriebenen Zeilen lehnte sich Leutnant Brenner zurück. Er war stolz auf seine Landser.

In den nächsten zwei Wochen versuchten immer wieder sowjetische Einheiten die Stellung zurück zu gewinnen, doch scheiterten sie jedes Mal am erbitterten Widerstand der Verteidiger.
Den Soldaten der *15. leichten Kompanie* gelang es bis Anfang Juni 1942 die eroberte Stellung gegen die Rote Armee zu verteidigen. Sie hatte am Ende noch eine Stärke von 56 Soldaten.
Dann stellte die Sowjetunion die Offensive in Lappland und Karelien ein. Mehr als 8000 Rotarmisten waren gefallen. Auf deutscher Seite fielen rund 700 Landser. Jedoch wurden mehr als 2600 Soldaten verwundet. Nahezu 200 Männer mussten auf die Liste der Vermissten gesetzt werden. Ihr Schicksal wurde nie geklärt.

Im Sommer 1942 füllte man die *15. leichte Kompanie des Lehrregiments Brandenburg z.b.V. 800* wieder auf. Ein neuer Kompanieführer der Brandenburger wechselte von der 5. zur 15. Kompanie und brachte hierzu seine eigenen Männer, allesamt aus Nord- und Südtirol stammend, mit. Der draufgängerische Oberleutnant setzte zudem noch auf übergelaufene sowjetische Soldaten und gliederte diese ein.

Im August 1942 wurde der alte Auftrag des Lehrregiments erneut aufgenommen und die 15. Kompanie ging noch einmal tief im feindlichen Hinterland gegen die Murmanbahn vor. Der dreiwöchige Einsatz wurde erfolgreich abgeschlossen. Deutsche Aufklärer bestätigten die Erfolge und berichteten von entgleisten Zügen und gesprengten Streckenteilen.
Zurück im Waldlager von Rovaniemi gratulierte Generaloberst Dietl persönlich zu diesem erfolgreich durchgeführten Spezialauftrag.

Die Brandenburger blieben noch bis Ende 1942 in Lappland und wurden dann zu ihrer Stammeinheit zurückverlegt. Die Kompanie wurde später als *14. Kompanie Sonderverband 804* umbenannt und ab Juli 1943 endgültig unter der Bezeichnung *16. Kompanie Brandenburg* geführt.

Ende

Foto: Privatarchiv des Autor, PA-0022 – Winter - Gruppenfoto

Ein Drittel der Brandenburger kam aus dem Lappland-Einsatz nicht mehr zurück.

Glossar zum Roman:

MP 40 auch „Schmeisser" genannt, da der Name des Waffen-Konstrukteurs auf den Magazinen angebracht war.	Maschinenpistole 40, Nachfolger der MP 38, Standardmaschinenpistole der deutschen Wehrmacht und Waffen-SS, Stangenmagazin, 32 Schuss, 9 mm Parabellum
Papirossa (auch Papirossy)	russische Zigarettenart, bei deren Herstellung ein längeres Pappmundstück geformt und nur der äußere Teil des Röhrchens mit starkem, kurzfaserigem Presstabak (Machorka) gefüllt wird. Vor dem Rauchen knickt man das Pappröhrchen zweimal ein, so dass eine Luftkammer entsteht, die den Tabakrauch abkühlt. Am bekanntesten sind die Marken: „Belomorkanal" und „Herzegowina Flor". Letztere war übrigens Stalins Lieblingsmarke
MG 42 Spitzname beim Feind: „Hitlersäge"	universal Maschinengewehr Modell 42, (auch Einführungsjahr in der Wehrmacht/Waffen-SS), sehr effektive Waffe, Kaliber 7,92 x 57 mm
Musher	Fachausdruck für Menschen, die Hundeschlitten führen
Degtjarow DP 1928	sowjetisches Maschinengewehr Kaliber 7,62 x 54 mm, auffällig durch Tellermagazin (Füllung: 47 Patronen)
PPSch 41	russische Maschinenpistole, (Einführungsjahr in der Roten Armee 12/1940) sehr zuverlässig,

	Kaliber 7,62 x 25 TT, Trommelmagazin (71 Patronen) und Kurvenmagazin (35 Patronen)
Ofenrohr	Raketenpanzerbüchse 54 (nähere Info siehe Waffenvorstellung)
OKW	Oberkommando der Wehrmacht
Mosin Nagant	russisches Repetiergewehr, Kaliber 7,62 x 54 R, Magazinfüllung 5 Patronen mit Ladestreifen, das Gewehr gab es auch in einer Version für Scharfschützen, Standardgewehr der Roten Armee
K 98	Mauser Modell 98, deutsches Repetiergewehr, Kaliber 7,92 x 57 mm, 8 x 57 IS, Magazinfüllung 5 Patronen mit Ladestreifen, das Gewehr gab es auch in einer Version für Scharfschützen, Standardwaffe der Wehrmacht und Waffen-SS
Scho-ka-Cola	koffeinhaltige runde Schokolade, die einer Blechdose verpackt war
Geballte Ladung	vorgefertigtes Sprengmittel in Quaderform, Maße: 7,6 x 16,4 x 19,5 cm, Gewicht mit Tragering: 3 kg Sprengstoff
z.b.V.	militärische Abkürzung für: zur besonderen Verwendung

Aus dem allgemeinen Landser-Jargon:

Alter	Spitzname für: Vorgesetzter (meist Kompanie-, Bataillons-, oder Divisionsführer)
Akja	Wannenschlitten (nordisches Wintertransportmittel)
Barras	Barras wird in der Soldatensprache ‚*das Militär*' bezeichnet. Zum Barras müssen, heißt, eingezogen zu werden (Wehrpflicht). Das Wort geht vermutlich auf den französischen Staatsmann *Vicomte de Barras (1755-1829)* zurück. Er war einer der Verantwortlichen, als Frankreich die Wehrpflicht einführte. Der Begriff ist vor allem im Süddeutschen Raum und in Österreich gebräuchlich. Aus diesen Landstrichen stammten etliche Soldaten aus Napoleons *Grande Armée* während dessen Russlandfeldzuges.
Beutegermane	saloppe Bezeichnung der Volksdeutschen = (Menschen deutscher Herkunft mit nicht-deutscher Staatsangehörigkeit)
Donnerbalken	Latrine / Feldtoilette
Gefrierfleischorden	Ost-Medaille
Gulaschkanone	Feldküche
„Halsschmerzen"	jemand möchte eine Auszeichnung erhalten (Ritterkreuz, Eisernes Kreuz u.a.)
Hindenburglicht (benannt nach Paul von Hindenburg)	Mit Fett oder Talg gefüllte kleine Schale, in die ein Docht gesteckt wurde. Es diente als Notbeleuchtung. Moderner Nachfolger ist das Teelicht.

Hitlersäge	MG 42 = leistungsstarkes deutsches Maschinengewehr
Hundemarke	Erkennungsmarke (üblicherweise um den Hals getragen)
Rollbahn	wichtige Straße/Nachschubweg z.B. zur Truppenversorgung, aber auch zum schnellen Vormarsch
Iwan	Rotarmist (russischer Soldat)
Kettenhund	Feldgendarm, erkennbar an seinem umgehängten Blechschild
Knobelbecher	genagelter Soldatenschaftstiefel
Koffer	schwere Granate
Kübel o. Kübelwagen	leichter geländegängiger Militär-Pkw (Volkswagen)
Küchenbulle	Koch
Landser	ugs. Bezeichnung des deutschen Soldaten (urspr. Landsknecht = zu Fuß kämpfender Söldner 15./16. Jh.)
Lametta	Orden/ferner auch Rangabzeichen
Latrinenparole	Gerücht
Napola	Nationalpolitische Lehranstalt = Internatsoberschule die zur Hochschulreife führte / Eliteschule zur Heranbildung von nationalsozialistischen Nachwuchsführungskräften
Spieß	Kompaniefeldwebel
Stalinorgel	sowjetischer Raketenwerfer (Eigenname in der Roten Armee: „Katjuscha")
Strippenzieher	Nachrichtensoldat
S-Mine	Abk. für Schrapnell-Mine, Splitter-Mine oder Spring-Mine. Nach Auslösung durch Tritt oder Stolperdraht, wird der Minenkörper in etwa auf Hüft- bis Schulterhöhe hochgeschleudert und explodiert mit

	Splitterwirkung. Diese Waffe war so effektiv, dass sie bis heute viele Nachahmer fand.
Tommy	britischer Soldat
Tante Ju	Kosename für die Junkers Ju 52, ein Flugzeugtyp der Junkers Flugzeugwerk AG, Dessau, erfolgreichstes Modell war die dreimotorige Ausführung Junkers Ju 52/3m aus dem Jahr 1932, die aus dem einmotorigen Modell Ju 52/1m hervorging
Zwölfender	Berufssoldat (Dienstzeit betrug mind. 12 Jahre)

Flugzeugvorstellung in Stichpunkten

Junkers Ju 52/3m

ugs. im Landser-Jargon als „*Tante Ju*", bezeichnet

Foto: Privatarchiv des Autor, PA-0043-Ju 52 im Flug

Die Junkers 52/3m wurde für militärische Zwecke als Verkehrs- und Transportmaschine genutzt. Sie überzeugte aufgrund ihrer Zuverlässigkeit, sowie der niedrigen Landegeschwindigkeit. Charakteristischstes Merkmal war die Wellblechbeplankung, sowie die drei Motoren.

Es gab diverse militärische Versionen, wie z.B.:

- Ju 52/3m g3e, mit drei BMW 132 ausgerüsteter Behelfsbomber

- Ju 52/3m g4e, 3 BMW 132A. Bei diesem Typ wurde der Laderaumboden verstärkt, eine große seitliche Laderaumluke sowie eine große Ladeluke im Dach der Kabine eingebaut

- Ju 52/3m g5e, bewaffnete Transportvariante mit dem BMW 132T. Zum Teil mit der Ausrüstung für den Lastensegler-Schlepp ausgelegt

- Ju 52/3m g7e, bewaffnete Transportvariante mit dem BMW 132T, Merkmal: weniger Seitenfenster, mehr Ladefläche

- Ju 52/3m g8e, eine Variante mit Autopilot von Siemens

- Ju 52/3m g10e, drei Motoren BMW 132T. Stand auch als Seeflugzeug mit Schwimmern zur Verfügung

- Ju 52/3m g14e, ähnlich g8e, jedoch verbesserte Panzerung

Technische Daten der Ju 52/3m:

Flügelspannweite	29,25 Meter
Länge	18,50 Meter (mit Schwimmern 19,40 Meter)
Höhe	6,10 Meter (mit Fahrwerk)
Höchstgeschwindigkeit	290 km/h
Reisegeschwindigkeit	180 km/h
Startgeschwindigkeit	120 km/h
Landegeschwindigkeit	106 km/h
Nutzlast	1,5 Tonnen
Reichweite	bis 1.300 Kilometer
Motor	gängigste Militärvariante: 3 Motoren BMW 132 (luftgekühlter Flugmotor)
Leistung	3 x 660 PS
Gipfelhöhe	6300 Meter
Besatzung	3 Mann
Personenbeförderung	15 bis 17 Personen
Bewaffnung	ein MG 131 (Kal. 13 mm) im offenen Stand über dem Rumpf, zwei MG (Kal. 7,9 mm) an den Rumpfseiten

Bildtafel

Foto: Privatarchiv des Autor, PA-0044-Soldaten im Wald

Foto: Privatarchiv des Autor, PA-0043-Ju 52 im Flug

Foto: Privatarchiv des Autor, PA-0052-Landser/Pionier nach einem Einsatz

Foto: Privatarchiv des Autors, PA-0049-Soldaten fahren Ski

Foto: Privatarchiv des Autor, PA-0012-Winterlager und Lastwagen

Foto: Privatarchiv des Autor, PA-0022 – Winter - Gruppenfoto

Foto: Privatarchiv des Autor, PA-0045 – zwei Ski-Jäger

Foto: Privatarchiv des Autor, PA-0055 – zwei Ski-Jäger machen sich bereit

Foto: Privatarchiv des Autor, PA-0064 – zerstörte Brücke

Foto: Privatarchiv des Autor, PA-0065 – Lazarett/Schreibstube

Foto: Privatarchiv des Autor, PA-0067-Unterkunft im Wald-Landser

Foto: Privatarchiv des Autor, PA-0003 – verdeckter Bunker im dichten Waldgebiet

in der gleichen Reihe bereits erschienen:

Landser in den Trümmern von Budapest - *Information, Originalfotos und ein packender Roman, Books on Demand, ISBN: 978-3-7322-6699-9, Januar 2014, 128 S. - € 8,90, Wolfgang Wallenda*

Scharfschützeneinsatz in Woronesch - *Information, Originalfotos und ein packender Roman, Books on Demand, ISBN: 978-3-735-75629-9, Juli 2014, 120 S., € 8,90, Wolfgang Wallenda*

weitere Bücher von Wolfgang Wallenda:

Biographie (halbauthentische Erzählung):

Die Frontsoldaten von Monte Cassino, *Erstauflage 1999, z. Zt. 5. Auflage, Triga Verlag, 540 S. € 29,80, dieser halbauthentische Roman erzählt die Geschichte des 1939 zwangsrekrutierten Mathias Wallenda, der sich an den Fronten in Frankreich, dem Balkan, in Afrika und letztendlich in Italien bei Monte Cassino bewährte und dort Held wider Willen wurde.*

Krimikomödien:
(veröffentlicht unter Wolfgang T. Wallenda)

Schneespuren gibt es nicht, Oktober 2013, Himmelstürmer Verlag, 283 S. - € 15,90, *in dieser wirklich außergewöhnlich witzig-warmherzigen Kriminalkomödie schlittert ein homosexuelles Paar in das Abenteuer ihres Lebens*

Soko: weiß-blau-rosa und der Wessobrunner Hexenfluch, Februar 2014, Himmelstürmer Verlag, 241 S. - € 15,90, *diese Buch ist ein „etwas anderer" Oberbayernkrimi – fesselnde Spannung und dennoch äußerst humorvoll*

Soko: weiß-blau-rosa: Fränkisches Blut, erschienen Juli 2014, Himmelstürmer Verlag, 240 S. € 16,50, *dieser Roman ist ein außergewöhnlicher Heimatkrimi mit gekonnter Mixtur aus Hochspannung und Humor*

Kinderbücher:

Die Traumpiraten, Dezember 2011, Zwiebelzwerg Verlag, 46 S., € 8,50, *ein phantasievolles Märchen für Kinder bis ca. 8 Jahren, farbig illustriert von der Künstlerin Heike Laufenburg*

Einbrecherjagd in den Ferien, Januar 2012, Zwiebelzwerg Verlag, 64 S. - € 8,50, *ein spannender Kinderkrimi für kleine Detektive bis ca. 10 Jahren, schwarz-weiß illustriert von der Künstlerin Heike Laufenburg*

Quellen- und Literaturverzeichnis, Buchtipps:

Der Romanteil ist eine überarbeitete Version der Erstauflage „Spezialauftrag in Lappland", aus der Reihe: Der Landser, Pabel-Moewig Verlag Rastatt, Heft Nr. 2765

Kriegstagebuch des Oberkommandos der Wehrmacht (Wehrmachtsführungsstab) 1940-1945 (1961 – 1965)
Sonderausgabe, Berdard & Graefe Verlag, Bonn,
Hrsg. Prof. Dr. Percy Ernst Schramm, erläutert von Prof. Dr.Andreas Hillgruber, Prof. Dr. Walther Hubatsch, Prof. Dr. Hans-Adolf Jacobsen und Prof. Dr. Percy Ernst Schramm, ISBN 3-7637-5933-6

Chronik des Zweiten Weltkriegs – Kalendarium militärischer und politischer Ereignisse 1939 - 1945
Andreas Hillgruber/Gerhard Hümmelchen, Sonderausgabe für den Gondrom Verlag, Bindlach 1989, ISBN 3-8112-0642-7

Das Bundesarchiv, Potsdamer Straße 1, 56075 Koblenz,

Infanteriewaffen Gestern (1918-1945) Band 1
Reiner Lidschun, Günter Wollert, Brandenburgisches Verlagshaus,
3. Auflage 1998, ISBN 3-89488-036-8

Infanteriewaffen Gestern (1918-1945) Band 2
Reiner Lidschun, Günter Wollert, Brandenburgisches Verlagshaus,
3. Auflage, 1998, ISBN 3-89488-036-8

Jäger und Gejagte, Die Geschichte der Scharfschützen, Motorbuch Verlag Stuttgart, 4. Auflage 1991, ISBN: 3-87943-373-9, Jan Boger

Deutsche Uniformen 1939 – 1945, Motorbuch Verlag Stuttgart, 4. Auflage 2004, ISBN: 3-613-01869-1, Jean de Lagarde

Das Handbuch der deutschen Infanterie 1939 – 1945, Edition Dörfler im Nebel Verlag GmbH, Eggolsheim, ISBN: 3-89555-041-8, Alex Buchner

Deutsche Kommandotrupps 1939 – 1945 „Brandenburger" und Abwehr im weltweiten Einsatz, Motorbuch Verlag STuttgart, 3. Auflage 2004, ISBN: 3-613-02018-1, Franz Kurowski

Der geheime Krieg, Bechtermünz Verlag GmbH Eltville am Rhein, 1982, ISBN: 3-86047-081-7, Francis Russell (u.d. Redaktion der Time-Life-Bücher)

Die Kommandotruppen, Bechtermünz Verlag GmbH Eltville am Rhein, 1994, ISBN: 3-86047-082-5, Russell Miller (u.d. Redaktion der Time-Life-Bücher)

sowie

überlieferte Erinnerungen und Aufzeichnungen von Veteranen und Zeitzeugen (schriftlich o. im persönlichen Gespräch mit dem Autor) und eigene Kenntnisse des Autors